AF198293

WARUM ICH?

Juliette Marqu

© 2021 Anjelika Leonhard

Umschlaggestaltung: Rando Geschewski

978-3-347-33379-6 (Paperback)

978-3-347-33380-2 (Hardcover)

978-3-347-33381-9 (e-Book)

Verlag & Druck: tredition GmbH, Halenreie 40-44, 22359 Hamburg

Das Werk, einschließlich seiner Teile, ist urheberrechtlich geschützt. Jede Verwertung ist ohne Zustimmung des Verlages und des Autors unzulässig. Dies gilt insbesondere für die elektronische oder sonstige Vervielfältigung, Übersetzung, Verbreitung und öffentliche Zugänglichmachung.

Bibliografische Information der Deutschen Nationalbibliothek: Die Deutsche Nationalbibliothek verzeichnet diese Publikation in der Deutschen Nationalbibliografie; detaillierte bibliografische Daten sind im Internet über http://dnb.dnb.de abrufbar.

PROLOG

Die Liebe saß am Tisch. Sie war sehr schön, aber auch sehr böse. Um sie herum schien eine dunkle Aura zu wogen. Sie legte die Karten aus und spielte mit menschlichen Schicksalen. Die Liebe selbst war immer eine Karte gewesen. Sie war mit dem Glück nicht vertraut. Um sie herum herrschte nur Stille. Einsamkeit umgab die Liebe und in dieser Einsamkeit krochen die Schattenarme der Dunkelheit auf sie zu. Bei schrecklichem Wetter hörte sie durch den Donner, dass Glück zu ihr kam. Ganz in Weiß mit weißem Hut betrat das Glück das Zimmer. Daraufhin begann die Liebe plötzlich zu strahlen. Die Wärme füllte den Raum und die dunkle Aura verschwand leise durch die Tür.

Das Glück setzte sich an den Tisch neben der Liebe und lächelte leise.

»Komm schon, Liebes, du bist müde, genug ist genug! Genug von dieser Qual! Jetzt bin ich da, bei dir, dein bester Freund!«

Die Liebe umarmte das Glück. »Oh, wie lange habe ich auf dich gewartet! Wo warst du denn? Ich existierte ohne dich nicht! Ich lebe ohne dicht nicht. Stattdessen versuche ich nur zu überleben ...«

Das Glück umfasste die Schultern der Liebe. »Ich bin jetzt bei dir. Liebe, lass uns gehen! Wo ich lebe, ist es einfacher. Wir werden menschliche Wege gehen, allen Menschen Glück und Liebe geben! Wo ich bin, dort freuen sich alle auf mich!

Liebes, gib mir bitte dein Hand.« Die Hände von Glück und Liebe vereinten sich daraufhin.

Und seitdem gehen Liebe und Glück einen geraden Weg, ohne Hindernisse. Sie gehen durch Schmerz und Leidenschaft. Und sie suchen Frieden für die Liebe.

TANZENDES LICHT

Ich öffne meine Augen und sehe meinen Mann, Professor Doktor AJR.

Staub tanzt in den Lichtsäulen, die die Jalousien auf dem Boden zeichnen. Der Raum ist weich in den ersten Stunden des Tages. Ich wende mich ihm zu und betrachte still seine Züge, die ich so sehr liebe.

Seine Augen sind geschlossen, er schläft. Auch wenn er schläft, verliert er nichts an seiner Stärke. Ich sehe ihm gerne beim Schlafen zu, beobachte, wie sich sein Körper regelmäßig hebt und wieder senkt. Ich achte auf jedes Atemgeräusch von ihm.

Er strahlt so eine immense Ruhe und Zufriedenheit aus. Ich fühle mich wohl und geborgen in seiner Gegenwart. Ich weiß, dass mir mit ihm an seiner Seite nichts passieren kann. Er würdest es nicht zulassen, dass jemand mir weh tun würde. Seine Brauen sind seine Markenzeichen, sie sind dunkel und zusammengewachsen.

Schwarze Haare umranden sein Gesicht. Seine Gesichtszüge sind sehr kantig, das verleihet seinem Gesicht Männlichkeit und Attraktivität. Ich schaue ihn gerne an und denke an die Zeit meiner ersten Begegnung mit ihm zurück oder genauer gesagt an unseren ersten Blickkontakt. An diesem Abend begann unsere Geschichte.

DER AUGENBLICK

Ich erinnere mich an jedes Detail unserer ersten Begegnung. Ich arbeitete damals in einem französischen Restaurant. Das Restaurant teilte sich auf zwei Etagen auf. Auf der ersten Etage befanden sich der Gastraum und die Küche. Auf der zweiten Etage folgte ein weiterer Gastraum, die Gäste-Toilette, das Getränke-Lager und Personal-Räume. Mein Bereich befand sich auf dieser zweiten Ebene.

An diesem Tag verlief die Arbeit ohne besondere Ereignisse, es war Routine. Ich begrüßte die Gäste und begleitete sie zum Tisch, nahm ihre Bestellungen auf und hielt hier und da Smalltalk.
Ein Pärchen saß in der Nähe des Fensters, ihre Liebe umgab sie wie ein heller Lichtschein.
Er war ein Franzose und sie war eine Deutsche. Fasziniert betrachtete ich sie, während ich die Gäste an den benachbarten Tischen bediente. Sie sah zauberhaft aus mit ihrem langen blonden Haar, so zerbrechlich in ihrem Wesen und doch zeigte sie viel Stärke durch

ihre Haltung. Ihre makellose Haut erschien ungewöhnlich glatt.

Ihre Hände mit langen Fingern waren so grazil, man könnte annehmen, sie spielte Klavier.

Sie erinnerte mich an eine Fee.

Ihr Mann sah aus wie der französische Schauspieler Pierre Louis Baron Le Bris.

»Welchen Wein können Sie uns empfehlen?«, fragte er mich und seine dunklen, durchdringenden Augen richteten sich auf mich.

Ich geriet in das Stottern, vielleicht weil er Franzose war und ich nicht und dieser Umstand am Ende mehr wog als meine Weinkenntnisse.

Ich ratterte die Weinliste herunter und sie schenkte mir ein bezauberndes Lächeln und sagte: »Wir nehmen den süßen Roten. Mir ist heute so danach ...«

Er strahlte sie an und griff nach ihrer grazilen Hand und auf einmal schien es nur noch die beiden auf der Welt zu geben und ich fühlte mich so einsam wie nie zuvor.

Ich ging zur Kasse, um die Bestellung einzugeben, und sah einen Mann am Fenster stehen. Er unterhielt sich mit einem anderen Mann.

Unsere Blicke trafen sich und mir stockte der Atem. Feuer loderte in seinen nachtschwarzen Augen, verschlang mich, nahm mich in sich auf und entrückte mich der Welt. Ich versuchte, mich auf meine Bestellung zu konzentrieren, aber etwas Mächtiges hielt mich zurück. Ich konnte meinen Blick nicht von ihm lösen. In diesem Moment nahm ich nichts mehr wahr. Es war wie in einem Film, wenn dieser angehalten wurde und niemand sich bewegte. Dieser Moment hielt einige Sekunden an.

Mit zitternden Händen nickte ich ihm zur Begrüßung zu und hielt die Luft an, ohne es zu merken.

Irgendwann schnappte ich wieder nach Luft.

Er lächelte. Es war ein dezentes, höfliches Lächeln.

In den Moment kam es mir so vor, als würde ich ihn schon Ewigkeiten kennen, aber ich wusste nicht woher!

Er war mindestens 1.90 m groß. Seine breiten Schultern verengten sich zu schlanken Hüften, die in muskulöse Beine übergingen.

Seine Hände waren lang und wirkten dabei überaus grazil und sehr gepflegt, was irgendwie nicht zu einem so großen Mann passen mochte.

Wie alt er wohl sein mochte? Die feinen Falten um seine Augen vermitteln mir einen Hauch von Alter, doch in seinem Blick liegt eine so jugendliche, kraftvolle Energie, dass er seltsam alterslos erscheint.

Während meine Augen ihn von Kopf bis Fuß abtasteten, lag sein Blick beständig und fest auf mir.

Ich ertappte mich bei der Frage: Warum hatte ich so ein vertrautes Gefühl bei seinem Anblick?

Es gab zwei Möglichkeiten.

Die Erste: Ich träumte von diesem Mann, immer und immer wieder und deswegen kamen mir seine Züge so bekannt und die Augen so vertraut vor! Die zweite Möglichkeit war: In einem anderen Leben waren wir ein Paar gewesen!

Egal, welche der beiden Möglichkeiten stimmte, eines stand fest: Wir beide gehörten zusammen.

Er ist mein Mann, mein Löwe, mein König, schoss es mir durch den Kopf, ein beunruhigender Strudel aus Gedanken, den ich kaum zu kontrollieren vermochte.

Ich habe ihn schon immer geliebt – nicht weil ich ihn lieben will, nein, dieser Weg war uns sicher vorherbestimmt, dachte ich weiter, während ich meine Augen nicht von ihm abwenden konnte. Das Herz verlernt zu schweigen, es bleibt niemals still, denn mit ihm habe ich so viel Schönes dazugewonnen.

Er war schon immer mein Glück und ich war immer schon seine Liebe gewesen, dachte ich. Das war der Augenblick, in dem ich mich in ihn verliebte und er ist mir kostbarer als alles Gold dieser Welt. Ich kann mich kaum beherrschen, ihn nicht zu berühren ...

Voller Liebe und Zuneigung streichele ich ihm durch das Haar und über das Gesicht. Mit seinen 59 Jahren sieht sein Gesicht noch glatt und strahlend aus.

Ich zeichne mit den Fingerspitzen die Konturen seines Gesichtes nach und küsse ihn auf die Stirn. Ich küsse seine Augen, Wangen, seine Lippen und seinen Mund. Ich beobachtete, wie er langsam erwacht. Er öffnet kurz seine Augen, um mich anzuschauen. Ich küsse ihn auf den Mund und er erwidert den Kuss.

Ich schmiege meinen Körper an seinen. Mit meiner Hand gleite ich an seinem Körper seitlich entlang nach hinten, um dann seinen Schenkel streicheln zu können. Ich spüre seine Haut unter meinen Fingerspitzen, fahre weiter nach hinten, bis ich seinen Po erreicht habe. Ich drücke ihn sanft und kraule dann mit den Fingernägeln über die Haut. Ich spüre seinen heißen Atem leicht keuchend an meinem Hals.

Ich spüre seine zärtlich fordernden Hände. Ich massiere sanft seinen Schaft, umfahre den Rand der Spitze mit den Fingern und nehme die andere Hand hinzu, um auch seine Kronjuwelen streicheln zu können.

Seine Lippen berühren meine und wir beginnen die Reise ins Wunderland ...

Wir haben beide die Augen geschlossen und genießen diese Momente der absoluten Erfüllung.

Nur langsam beruhigt sich unser Atem und auch unseren Herzen schlagen wieder ruhiger, als er seine Augen öffnet und mich betrachtet.

Der Professor sagt nichts. Er küsst meine Lippen erneut, bevor sich seine Augen schließen und er erschöpft wieder einschläft.

BEGEGNUNG

Ebenso detailreich erinnere ich mich noch genau an unser zweites Date.

Nach vier Wochen voller Absagen und Verschiebungen traute er sich doch noch, ein Treffen auszumachen.

Der Tag war wunderschön, die Sonne hatte mich den ganzen Tag begleitet. Und ich freute mich riesig auf den Abend.

Die ganze Zeit versuchte ich, nicht auf mein Handy zu schauen. Der Professor schrieb nicht so gerne und wenn schon, dann ging es nicht um Small-Talk. Seine Nachrichten waren stets kurz und sachlich.

Ich stand schon seit Stunden vor dem Kleiderschrank und wusste nicht, was ich anziehen sollte. Hose oder doch Kleid? Ich wollte beim Professor durch meine Kleidung eine gewisse Zurückhaltung demonstrieren und trotzdem sexy aussehen.

Am Ende entschied ich mich für ein Seiden-Minikleid in Blau von Dorothee Schumacher und dazu passende dezente Sandalen, die meinen Look komplett machten.

Meine Freundin sagte immer zu mir, ich könne alles tragen. Und wenn ich mich eines Tages für einen Sack entscheiden sollte, würde ich trotzdem fabelhaft aussehen.

Der eine oder andere hätte schwören können, dass ich viel Ähnlichkeit mit Angelina Jolie habe. Ich lachte immer darüber.
Die Haare hatte ich zu einem Pferdeschwanz gebunden und so kamen meine Wangenknochen noch mehr zu Geltung.

Mein Herz begann zu flattern.
Mit einem nervösen Kribbeln im Bauch ging ich durch die Straßen und näherte mich seinem Haus. Das Wetter war wechselhaft, Sonne und Regen folgten binnen weniger Minuten aufeinander, so als fühlten die Elemente, was in meinem Inneren vorging. Sein Haus lag in einer der besseren Gegend der Stadt, vornehm, aber nicht dekadent, stilvoll, aber nicht exaltiert, ganz wie die Persönlichkeit des Professors, die ich zu jenem Zeitpunkt nur mit sehnsüchtigen Blicken erahnen konnte.

Mir wurde kalt und mein Körper fing an zu zittern. Das Herz blieb mir fast stehen, als Professor die Tür öffnete.

Von mir stand Professor, groß und schneidig wie ein Märchenprinz.

Schnell riss ich mich zusammen.

Ich versuchte, mir meine Aufregung und Freude nicht anmerken zu lassen. Mit einem Lächeln trat ich ein.

Ich hätte laut schreien können vor Glück, dass ich das erleben durfte, das ich ihn erleben durfte! Professor stand einfach da. Er war so real.

Dieser Mann strahlte Klasse und Stil aus.

»Guten Abend, Professor, es ist schön, Sie zu sehen. Ich habe uns Wein mitgebracht«, sagte ich leise. Seit jenem Moment sprach ich ihn nie wieder mit seinem Namen an, sondern nannte ihn stets »Professor« und er ließ es sich gerne gefallen.

»Hallo«, seine Lippen verzogen sich zu einem Lächeln. »Perfekt!«, hörte ich seine vertraute Stimme.

Seine Blicke glitten über meinen Körper, doch ich tat so, als würde ich das nicht bemerken.

Der Professor sah sehr gut aus, einfach hinreißend! Jedes Wort, das er sagte und jede Bewegung, die er machte, waren einfach perfekt. Ich war hin und weg.

Sein Zuhause war voll dezenter Eleganz, ein zeitloses, dunkles Ledersofa, ein teurer Designertisch, ein Schreibtisch aus antikem Tropenholz. Gierig sog ich jedes Detail in mich auf, in der Hoffnung, seinem Zuhause so all seine Geheimnisse entlocken zu können.

Nervös nestelte ich an meiner Kleidung herum. Unruhe erfasste mich, durchdrang mich ganz und gar und ich konnte es kaum erwarten, das erste Glas Wein zu trinken.

Ich setzte mich, während Professor die Flasche Wein aufmachte. Er schenkte zwei Gläser ein, ohne auch nur einen Tropfen zu verschüttet, und dann setzte er sich zu mir auf das Sofa.

»Sehr nett«, befand er schließlich und lächelte mich an.

»Sehr nett?«, wiederholte ich. »Was wollen Sie damit sagen?«, fragte ich überrascht.

»Der Wein schmeckt fantastisch!«, erwiderte er. Wir genossen den Wein und versuchten beide, nicht nervös zu wirken.

Ich stellte viele Fragen, mein Interesse galt ihm, ich wollte mehr über ihn erfahren. Wir unterhielten uns, der Inhalt unserer Worte spielte keine Rolle, es ging nur darum, in seiner Nähe zu sein, seine Stimme war so kraftvoll und charismatisch, ich konnte ihm stundenlang zuhören.

Für den Abend hatte ich mir etwas vorgenommen und wollte unbedingt meinen Plan durchführen. Wer weiß, vielleicht würden wir uns niemals wiedersehen, dachte ich.

Ich fragte Professor: »Was denken Sie, Professor, nach was würde ich schmecken, wenn Sie Gelegenheit hätten, mich zu kosten?«

Seine dicke, schwarze Braue hob sich zu einem angedeuteten Fragezeichen. Ein Lächeln flatterte um seine Mundwinkel. »Ich weiß es nicht!«, sagte der Professor und sein Blick war immer noch auf mich gerichtet.

»Professor, lassen Sie Ihre Fantasie spielen!«, sagte ich mit breitem Lächeln. Professor sagte nichts. Unsere Blicke trafen sich.

Nach einer halben Ewigkeit flüsterte ich: »Ich würde Sie jetzt küssen, Professor!«

Ganz heiser, fast kaum zu hören, sagte Professor: »Aber nur einen kleinen Kuss ...«

Schließlich trafen sich unsere beiden Münder zu einem sinnlichen Kuss.

Ich küsste seine Lippen ganz zart, um dann mit der Zungenspitze darüberzustreichen. Mit leisem Seufzen erwiderte er die Küsse. Seine Zunge suchte sich einen Weg vorbei an den Zähnen in die heiße und feuchte Höhle. Dort wartete meine Zunge auf die seine und sie begannen sich leicht kreisend zu umspielen.

Dann begann unsere Reise – wir küssten uns, seine Küsse waren bereits voller Leidenschaft.

Der Professor konnte sehr gut küssen, ich denke, er ging von Natur aus mit allem sehr vorsichtig um, das erkannte man auch daran, wie seine Lippen meine berührten.

Daran, wie seine Zunge vorsichtig meine Zunge berührte. Ich berührte sein Gesicht, nahm es zärtlich in meine Hände. Mit meiner Hand fuhr ich nun liebevoll die Konturen seines Gesichtes nach – strich dann zärtlich über seinen Lippen. Hingebungsvoll küsste ich seine Fingerspitzen. Schließlich schob ich meine Hand zu seinem Nacken und zog ihn zu mir heran, um leicht über seine Lippen zu fahren.

Immer und immer wieder küsste ich ihn.

Ich tastete mit meinen Fingern seine Brauen und seine Nase sowie seine Lippen ab. So ein markantes Gesicht hatte ich in meinem Leben noch nie gesehen.

Ich hatte die Arme um seinen Hals geschlungen und streichelte seinen Nacken. Er hielt mich eng umschlungen und zog mich dicht an sich heran, um meine Brüste auf seiner Haut spüren zu können. Ich spürte, wie meine Körper weicher wurde, wie ich mich hingebungsvoll an ihn schmiegte. Ich verlor fast den Verstand, so sehr erregte mich die Situation. Lust jagte durch meinen Körper, jäh und unbändig und ich gab mich ihr hin.

Ich spürte, wie seine Hände vorsichtig meine Beine berührten.

»Wir werden keinen Sex haben!«, sagte ich bestimmt. »Nein, das habe ich auch nicht vor«, bestätigte mir Professor. Unsere Blicke trafen sich …

»Professor, warum haben Sie sich so viel Zeit gelassen? Was habe ich falsch gemacht bei unserer letzten Verabredung?«, fragte ich ihn.

»Nichts, du hast nichts falsch gemacht. Das ist schwer, sich auf so was oder auf jemanden einzulassen!«, antwortete der Professor. Ich schaute ihn skeptisch an und fragte weiter: »Haben Sie keine Geliebten? Keine Frauen nebenbei gehabt? Affären? Sie sehen nicht gerade unschuldig aus!«

»Oh Gott, nein! So bin ich nicht, das ist nicht meine Art«, sagte er überrascht zu mir. »Die Frauen, die ich gehabt habe in meinem Leben, kann man an meinen zwei Hände abzählen! Ich bin nicht interessant. Sehr gewöhnlich, für die eine oder andere sicher zu langweilig!«

Ich schaute ihn noch immer an.

»Ich bin kein Casanova!«, sagte er ganz leise.

»Professor, ich glaube nicht, dass Sie nicht wissen, wie Sie auf Frauen wirken«, antwortete ich mit hochgezogenen Augenbrauen.

Sein Blick war immer noch auf mich gerichtet.
»Ich glaube Ihnen kein Wort«, sagte ich schmunzelnd. Der Professor sah mich direkt an und zeigte dabei Richtung Tür:
»Was mache ich, wenn meine Frau jetzt reinkommt, ich bin verheiratet! Wie erkläre ich das alles?«
Ich schaute ihn an. Seine sanfte Stimme stand in Gegensatz zu seinem verhärteten Gesicht. Ein kurzer Blick in die Augen, dann sagte ich leise: »Ich habe keine Ahnung ...«

Manche Menschen versuchen, ihre Schuldgefühle zu verstecken wie eine hässliche Narbe.
Ich hätte ehrlich sein können und sagen, dass es falsch war, was wir taten, aber ich behielt es für mich. Ich wollte diesen Moment nicht zerstören.
Ich versuchte, die Lage zu retten.

Ich holte tief Luft. »Bitte, nicht so viel nach denken ... Lassen Sie einfach laufen und genießen Sie ...«, bat ich leise.

Ich beugte mich vor und streichelte seine Hand, dann berührten meine Lippen seine. Professor folgte mir und wir küssten uns erneut!

Im Hintergrund lief Musik. Das waren ruhigere Töne, komplexere Kompositionen.

Die Musik war vom Professor zusammengestellt worden. »Das sind sehr schöne Sounds«, sagte ich. »Oh ja, das finde ich auch, das sind ziemlich alte Songs«, sagte der Professor verträumt.

»Ich habe gelesen, dass Menschen am liebsten Lieder hören, die aus ihrer Pubertätszeit stammen. Das liegt an den Gefühlen. Denn diese Musik erinnert eben an den ersten Liebeskummer, bei dem man wirklich glaubte, man könnte daran sterben. Und an eine Zeit, die uns emotional geprägt hat, wie kaum eine andere«, sagte ich.

Professor lächelte, dann erwiderte er: »Ich erinnere mich durch bestimmte Lieder sogar an über 20 Jahre alte Situationen.

Das Gehirn speichert alles ab und ruft es durch bestimmte Auslöser wieder ins Gedächtnis. Das können neben Liedern auch Namen, Worte, Orte, Gerüche und so weiter sein.«

»Das passiert mir auch ständig«, stimmte ich zu.

»Oh Gott, das ist ein Song aus meiner Jugend! Früher hat man sehr eng miteinander getanzt. Man könnte sagen, wir »standen« beinahe auf der Tanzfläche. Das war erste Körpernähe durch den Tanz«, sagte der Professor.
»Lassen Sie uns tanzen«, schlug ich vor.

Wir standen auf und tanzten miteinander, engumschlungen, so dicht wie möglich. Ich atmete seinen Geruch, spürte seinen Herzschlag unter meinen Fingerspitzen. Die Welt stand still, es gab nur noch uns.
Ich öffnete langsam sein Hemd langsam und spürte, wie Professor nervöser wurde. Unsere Blicke trafen sich kurz und ich hatte das starke Bedürfnis, ihn zu berühren. Ich öffnete

seinen Gürtel und die Hose und legte meine Hand auf sein schönes Stück.

Langsam entzog ich ihm sein Heiligstes, während meine Lippen immer intensiver küssten. Mein Mund wanderte dabei zärtlich küssend über seine Brust bis zu seinem Bauch, während meiner Hände über seine Lenden strichen. Aufreizend langsam ließ Professor meine Lippen weiter nach unten gleiten, bis ich ihm schließlich mit einem feuchten Kuss auf die Spitze ein weiteres wohliges Seufzen entlockte.

Dann warf er mich mit Schwung auf das Sofa.

Er zog meinen Slip herunter und zog meine Beine auseinander, dann fing er an, mich zu küssen.

Vorsichtig begann er mit der Zungenspitze die Ränder entlang abzutasten, um dann urplötzlich mit der ganzen Zunge tief in mein Inneres hineinzutauchen. Langsam flatterte seine Zunge hinauf zu meiner Perle. Ich spüre alles in mir kochen. Kurz vor ... hielt ich den Professor an.

Ich küsste ihn und sagte leise:

»Setzen Sie sich bitte, Professor. Nur schauen, aber nicht anfassen!«, flüsterte ich. Professor nickte.

Mit langsamen Bewegungen zog ich mich vollständig aus und stand nackt vor ihm da.

Professor starrte mich an.

»Perfekt«, sagte er bewundernd. Ich machte zwei Schritte in seine Richtung und stand genau vor ihm.

Er ließ mich spüren, wie seine warmen Hände auf meiner nackten Haut entlangglitten, was mich beinahe um den Verstand brachte.

Er beugte sich zu mir und vergrub seinen Mund zwischen meinen Brüsten. Ich holte tief Luft ... Seine Hände erkundeten meine Körper. Seine Lippen wanderten über meine Haut, als er langsam an meinem Körper hinabrutschte.

Während eine Hand immer noch meine Brust verwöhnte, glitt die andere ganz langsam von der Brust hinab, streichelte meinen Bauch, glitt über den Bauchnabel tiefer hinab. Seine Finger waren inzwischen noch tiefer gewandert, erreichten gerade meine Mitte.

Ich zitterte, mein Atem streifte sein Gesicht, als er mit seinen Lippen wieder meinem Hals liebkoste. Ich spürte seine fordernden Hände und spürte auch seine Erregung überdeutlich. Ich konnte seinen unruhigen Atem hören, seinen pochenden Herzschlag. Ich kniete mich auf den Boden, küsste seinen Hals und langsam bewegte ich mich zu seinem Glied. Vorsichtig küsste ich ihn und ließ meine Lippen immer wieder an seinem besten Stück entlanggleiten und seine Erregung ermunterte mich, weiterzumachen. Professor streichelte über meine Schultern, schob seine Hände in mein zerwühltes Haar.

Vor Lust vibrierte sein ganzer Körper. Ich spürte bereits seinen Höhepunkt, auf den er unausweichlich zusteuerte. Als er kam, zitterte und wirbelte sein gesamter Körper.

Ich wollte gerade ins Bad, dann hörte ich, wie Professor mit zitternder Stimme sagte:

»WARUM ICH ... WARUM ICH?«

Ich drehte mich zu ihm und sagte leise: »Das weiß ich nicht.«

Das war eine wunderbare Reise gewesen ... voller Wunder!

Wir hatten uns gekostet. Und wir wollten beide viel mehr, ohne das laut auszusprechen.

Ich steige vorsichtig aus dem Bett und ziehe meine Sportsachen an, um joggen zu gehen.
Ich liebe den leichten Duft, der mir nach dem Sex anhaftet. Nach kurzem Überlegen entscheide ich mich gegen die Dusche.
Unsere Schlafzimmer.
Es ist ein schönes Gefühl, neben Professor einzuschlafen, zu wissen, dass er da ist.
Seinen Atem zu hören und seine Wärme zu spüren. Ich höre, wie sein Atem langsamer wird, und seine Träume übernehmen die Macht. Ich möchte jeden seiner Träume begleiten und ihn in diesen beschützen. Meine Liebe und die Gefühle zum Professor strömen nur so aus mir heraus. So wie ein Ozean ohne Grenzen, voller Wunder und Schönheit. Salzig wie die Träne, laut und gefährlich und dann doch perfekt. Neben meinem Mann gehe ich wie eine Blume auf und ohne ihn verliere ich Glanz und Lebenslust.

ICH

Aufgewachsen bin ich mit meinen beiden Geschwistern. Ich war die goldene Mitte, hatte mein Vater immer gesagt. Stark, schön und wild!

Ich war Vaters Töchterchen. Mutti wollte nach meiner Schwester unbedingt einen Jungen haben und war überzeugt, dass ich auch einer werden würde. Die Überraschung war später sehr groß, weil ein Mädchen kam.

Als Kind war ich ganz anders als meine Schwestern. Mein Verhalten war dem eines Jungen sehr nah. Ich liebte Karate und spielte immer mit Jungs zusammen. Meine Leidenschaft war es, draußen auf die Dächer von Häusern zu steigen und von dort zum nächsten Dach zu wandern. Ich versteckte mich gern vor allem und blieb sehr lange allein auf den Dächern und las dort Bücher. Meine große Schwester musste mich immer suchen.

Später, als ich zu einem jungen Mädchen wurde, galt mein Interesse der Mode. Ich ließ meine Mutter mir erklären, wie ich mir selbst eine Hose nähen kann und so weiter, aber entsprach das nicht meinen Begabungen.

Madonna war damals mein Schönheitsideal. Ich wollte schön sein und schöne Sachen tragen. Ich träumte davon, Model zu sein, hat Vater immer gesamt. Mein Vater war immer schon ein Macher gewesen, das habe ich von ihm. Ohne lange zu überlegen, hat er mich in eine Modelschule geschickt. Obwohl mein Vater eigentlich immer gewollt hatte, dass ich zur Armee gehen würde.

Er sagte damals: »Angelique, du besitzt so viel Disziplin wie keine andere, du hast Kraft und Selbstbewusstsein. Du bist wissen gierig. Als Frau würdest du viel erreichen in der Armee. Vergeude dein Zeit nicht!« Das war aber nicht mein Ziel und auch nicht mein Traum.

Später habe ich auch als Fotomodel gearbeitet. Ich verwirklichte meinen Traum und mein Vater war sehr stolz auf mich.

Meine große Schwester ist die älteste von uns drei Geschwistern.

Sie ist ein Familienmensch, wollte immer eine große Familie haben und viele Kinder.

Ihr Aussehen hat sie von meiner Oma geerbt. Augen so grün wie die ersten Blätter im Frühling. Schönes welliges, braunes Haar, eine kleine Nase und schmale Lippen, zart und feingliedrig. Fast komplett das Gegenteil von mir. Sie konnte schon mit zwei Jahren auswendig Lieder singen und Gedichte vorsprechen.

Ihre lockigen Haare umrandeten ihr komplettes Gesicht und sie sah aus wie eine Puppe.

Ich dagegen war viel kleiner als meine Schwester und zu dick, hatte noch Babyspeck. Meine Beine waren nicht mal gerade, die waren so was wie »Rad-Beine«.

Ich wollte/konnte sehr lange nicht sprechen und auch nicht laufen. Als wir erwachsen wurden, konnte man schon erkennen, dass wir Geschwister waren, aber trotzdem sahen wir sehr unterschiedlich aus.

Meine Eltern ließen sich scheiden, als ich 14 und meine große Schwester 16 Jahre alt waren. Meine Mutter hatte eine neue Liebe gefunden.

Für meinen Vater war das der Untergang. Er verlor seinen Verstand und landete in einer Klinik. Meine Mutter war sein Leben, seine Liebe gewesen und so brach er zusammen. Die beide zogen aus der Wohnung aus und überließen meine Schwester und mich uns allein. Meine Schwester übernahm schnell die Verantwortung für uns beide.

Mein Bruder, der rothaarige kleine Gnom, war der Kleinste in der Familie. Er war acht Jahre jünger als ich.

Mein Vater nahm ihn damals zu sich.

Dima sah ganz anders aus als wir. Sein rotes Haar und die blasse Haut hatte er von unserer zweiten Oma geerbt, der Mutter von meinem Vater. Er hatte verblüffend viel Ähnlichkeit mit Prinz Harry, war groß und schlank.

Dima konnte sehr gut tanzen und spielte Gitarre. Er hätte Musiker werden können, dafür hat er alles gehabt. Aber ab und zu sehen wir nicht den richtigen Weg vor uns und biegen an in die falsche Richtung ab.

Dass wir drei Geschwister waren, konnte man durch unser Lachen erkennen. Meine beste Freundin sagte immer, wenn sie bei uns zu

Besuch war, dass man uns nicht immer sieht, aber unsere Lachen hört man schon von weitem.

Meine Schwester sagte einmal zu mir, dass Gott mir etwas Mächtiges vermacht hätte, was nicht jeder Mensch besäße, und zwar Anziehungskraft.

Mein Duft war so ungewöhnlich, er zog jedermann an.

Eine Begebenheit verdeutlicht, was sie damit meinte. Ich war 15 und Polina 17 Jahre alt.

Wir besuchten unsere Mutter auf der Arbeit.

Wir saßen am Tisch und tranken Tee. Wir erzählten, wie uns so ging, und lachten zusammen. Dann kam zufällig ein Kollege von meiner Mutter herein.

Er war groß und sehr kräftig, früher war er Profi-Boxer gewesen, erzählte unsere Mutter uns später. Onkel Sascha hatte eine Glatze und trug eine Brille. Er war ein Mann von charismatischer Ausstrahlung, intensiv, dominant und selbstbewusst.

»Hallo zusammen! Tamara, sind das deine Töchter?«

»Ja, Angelique und Polina«, stellte unsere Mutter uns vor.

»Hallo«, sagten wir schüchtern, wie man es uns beigebracht hatte.

Er schaute uns an. Dann nahm er Platz am Tisch. »Möchten Sie auch Tee?«, fragte ich und stellte bereits eine Tasse auf den Tisch. Er nickte und schaute mir direkt ins Gesicht.

Ich goss eine Tasse Tee ein und ergänzte zwei Löffel Zucker, rührte das Ganze um und schob seine Tasse zu ihm. »Woher wusstest du, dass ich Tee so trinken würde?«, fragte er mit hochgezogenen Augenbrauen.

»Das weiß Sie immer!«, sagte meine Schwester, ohne mich anzuschauen.

Wir wollten gerade aufstehen und uns auf den Weg machen.

Dann sagte Onkel Sascha zu uns: »Wartet noch kurz, ich möchte euch etwas erzählen.«

Er schaute meine Mutter an und dann sagte er: »Du ...« und zeigte auf meine Schwester, »... wirst Mutter und Frau sein, dein Leben lang.

Du wirst später drei Kinder von drei oder zwei Männern haben. Dein dritter Mann wird der Richtige sein. Er wird dich sehr lieben und beschützen!«

Seine Augen schauten mich an, dann sagte er mit rauer Stimme. »Angelique, du bist sehr gefährlich. Du hast etwas Dunkles an dir. Dich kann man nicht besitzen. Die Männer werden dir zu Füßen legen. Viele werden leiden und sich an dir die Finger verbrennen. Du bist ein ungeschliffener Diamant, man muss viel tun, um dich zu kriegen. Aber dich behalten kann nur ein einziger Mann.«

Ein leichter Schatten huschte über sein Gesicht, dann stand er auf und verließ das Zimmer.

Meine Mutter schaute uns an und sagte mit einem Lächeln: »Das ist alles Quatsch. Der erzählt bloß Unsinn.«

»Warum sagte er so was?«, fragte ich verwundert. »Seine Großmutter war so was wie eine Wahrsagerin«, antwortete meine Mutter.

Damals verstand ich nicht, was er mir damit sagen wollte, doch später, als die Männer auf mich aufmerksam wurden, begann ich, es zu begreifen.

ÜBERWÄLTIGT VON DIR

All das ist lange her.

Jetzt ist der Professor mein Leben.

Ab und zu liege ich nachts wach und spüre in die Dunkelheit hinein. Seine Nähe macht mich schwindelig. Atemberaubend ist es, seine Haut zu kosten, seinen Geruch zu atmen. Neben ihm bin ich lebendig, ohne ihn ist es dunkel. Ich versuche, meinen Professor wachzuküssen, und das gelingt mir immer. Meine Hände berühren seinen Körper und so nutze ich den Moment, in seine Träume einzudringen und mir dort eine Rolle zu verschaffen wie in einem Science Fiction Film.

Nach so einer Nacht hörte ich einmal den Professor zu sagen: »Das ist so wunderbar, eine kurze Reise mit dir zu unternehmen ins Wunderland, man kann die Träume berühren, die Lichter sehen und spüren zugleich, das möchte ich nie missen!« Dann lächelte er mich an und küsste mich.

Ich küsse fast immer ihn zuerst und wenn er es doch von sich aus tut, dann genieße ich den Moment.

Wir haben ein sehr großes Bett, aber ich kuschel mich immer an meinen Mann an und bleibe die ganze Nacht so liegen. Der Professor sagt oft: »Du bist so klein und winzig, ohne mich wärst du doch in diesem Bett verloren.« Ich höre beim Ankuscheln an ihn immer, wie sein Herz schlägt, und kann dann gut einschlafen ... Das ist Musik in meinen Ohren.

Der Professor ist mein Lebenselixier.

Das Bett ist aus weißem Holz gebaut. Durch die weißen Wände sieht das Schlafzimmer optisch sehr groß aus. Auf jeder Seite des Bettes steht ein Nachttisch mit Tischlampe.

Am Ende das Bett steht eine Bank, auf die man Verschiedenes darauflegen oder kurz sitzen kann. Man kann darauf natürlich auch etwas anderes Schönes tun, wenn man Phantasie besitzt!

Gegenüber von dem Bett befindet sich eine große Kommode aus dem gleichen Holz. An der Wand über der Kommode hängt das Gemälde »Der Kuss«, ursprünglicher Titel »Das Liebespaar«. Es ist eines der bedeutendsten Werke von Gustav Klimt.

Auf dem Gemälde ist ein eng umschlungenes Liebespaar zu sehen. Die Frau kniet auf einer Blumenwiese. Ihr Kopf ist nach hinten geneigt und ihre Augen sind geschlossen. Mit ihrem rechten Arm umfasst sie seine Schulter.

Die Farbe ihres Gesichtes ist fast weiß und wirkt dadurch edel wie Porzellan. Das Gesicht ist von braunem Haar eingesäumt, welches mit kleinen Blüten geschmückt ist.

Der Mann scheint zu stehen. Er beugt sich zu seiner Geliebten hinunter, umfasst mit seinen Händen ihren Kopf und küsst sie zärtlich auf die Wange. Seine Finger sind auffällig lang und dünn. Der Teint des Mannes ist gebräunt und seine Haare sind fast schwarz und gelockt.
Die Blumenwiese, auf welcher sich das Liebespaar befindet, ist mit kleinen Blumen übersät, diese wurden überwiegend in den Farben rosa und blau gemalt. Dazwischen finden sich helle und dunklere Grüntöne.

Mann und Frau sind von einem bodenlangen Umhang umhüllt. Von dem Liebespaar sind nur die Köpfe und teilweise Arme, Hände und Füße zu sehen.

Der Umhang ist goldfarben und hat verschiedene Muster. Den Hintergrund des Gemäldes malte Klimt in gedeckten, eher tristen Grüntönen, wodurch das in den goldenen Umhang gehüllte Liebespaar noch mehr hervorgehoben wird.

Der Künstler hat mit der Darstellung des innig verbundenen Liebespaares vor einem leuchtenden goldenen Hintergrund, verbunden mit der Natur in Form einer bunten Blumenwiese ein sehr schönes und beeindruckendes Bild geschaffen, das sehr viel Harmonie ausstrahlt und Liebe in einer starken und reinen Form darstellt.

Das Bild zeigt genau das, was ich fühle, wenn der Professor mich küsst. Zauber und Magie umarmen mich, wenn die Lippen des Professors mich berühren.

Ich kann das spüren und ich sehe immer meinen Professor und mich in dem Bild.
Das ist genau die Haltung meines Mannes, die auf dem Bild zu sehen ist.
Wenn ich es nicht besser wüsste, würde ich sagen, das sind wir auf dem Bild!

Das Gemälde war ein Geschenk vom Professor an mich zu unserer Hochzeit. Der Professor sagte zu mir, dass wenn er das Bild anschaut, er mich als Brillance sieht.

Das Wort »Brillance« stammt aus dem Französischen und bedeutet »strahlend / glänzend«.
Das ist ein wunderbarer Liebesbeweis für mich und kostbarer als alle Juwelen.
Ich sehe das Vertrauen und Geborgenheit, welche die Frau bei ihrem Geliebten empfindet und dann doch in der Darstellung der knienden Frau eine gewisse Unterwürfigkeit gegenüber dem starken, dominanten Mann.

Unser Schlafzimmer verbindet sich mit dem Kleiderzimmer und mit Bad. Badezimmer ist gefliest aus mokkafarbigen großen Fliesen. In

dem Badezimmer befinden sich eine Badewanne und eine Dusche.

Die Dusche ist sehr breit und extra für uns
angefertigt worden, sodass wir immer zu zweit
duschen können.

Für den Professor war das etwas ganz Neues,
zusammen zu duschen.

Gemeinsames Duschen und Sex unter der
Dusche, das ist superheiß.

Ich liebe es, mit meinem Mann die Dusche zu
teilen. Das ist ein wunderbares Gefühl, wie das
Wasser unsere Körper umarmt. Ich seife ihn
immer am ganzen Körper mit meinen Händen
ein. Immer wieder küsse ich dabei seine nasse
Haut.

Auch der Professor genießt die Momente in die
Dusche.

Dazu gehören auch andere Dinge.

Anfangs war er richtig verzweifelt, weil ich ihm
einen Rasierer in die Hand drückte und ihn
bat, mein Intimstes zu rasieren. Der Professor
sah mich erschrocken an.

»Nein, das kann ich nicht. Ich werde dich ver-
letzen«, sagte er nahezu schockiert. »Versuchen Sie doch. Ich will das«, sagte ich mit
ruhiger Stimme und hielt den Rasierer in der
Hand. Obwohl er schon lange mein Ehemann
war, siezte ich ihn noch immer. Das gehörte zu
unserem Verhältnis. »Sie sind doch ein Arzt,
Sie wissen, wie man mit so etwas umgeht«,
sagte ich. »Das weiß ich auch, aber das ist
anders«, antwortete er.
Er nahm den Rasierer in die Hand, kniete sich
hin, schaut kurz mich an und tat es dann.

Ich beobachtete ihn. Seine Finger berührten
mich vorsichtig und sein Blick war konzentriert. Ich sah, dass er nervös und erregt war.
Es war ein wunderbares Erlebnis für mich und
für ihn. Ich denke, für jeden Mann ist das eine
sehr vertraute Sache, wenn man das tut. Ins-
geheim wünscht sich jeder Mann so eine
Beziehung, denke ich.
Denn das beweist Vertrauen in jeder Hinsicht.
Natürlich endet das immer mit Sex … mit sehr
gutem und erfülltem Sex.

Die Badewanne ist breit und ziemlich groß.
Der Winter ist unsere Zeit für die Badewanne,
dort passieren auch viele schöne Sachen ...

ANDRÉ

Als ich 19 Jahre alt war, hatte ich folgende Begegnung: Ich hatte eine Freundin gehabt, die Ähnlichkeiten mit Monica Bellucci hatte, so sexy war sie. Julia, so lautete ihr Name, war ein Jahr jünger als ich, etwas größer, hatte langes schwarzes und glattes Haar bis zum Po sowie sehr markante Gesichtszüge, volle Lippen und große blaue Augen.
Sie war von unbeschreiblicher Schönheit. Wenn ich mit ihr durch die Stadt gegangen bin, dann waren alle Blicke auf sie gerichtet. Frauen waren neidisch, Männer wurden geil. Mich hat man kaum wahrgenommen, neben ihr war ich einfach nur eine graue Maus. Zumindest war das meine Wahrnehmung. Wir waren unzertrennlich.
Julia war damals mit einem älteren Mann zusammen, dem Besitzer eines Restaurants. Sergej war sein Name. Er war ziemlich groß und durch seine blonden kurzen Haare sah sein Gesicht sehr blass aus. Er hatte kleine

blaue Augen und sehr schmale Lippen und war nicht gerade ein schöner Mann.

Ich fragte Julia oft, was sie an ihm fand. Sie sagte, er sei fantastisch im Bett.

Mitten in der Stadt befand sich sein Restaurant.

Es war das einzige Restaurant mit einer eigenen Gemäldegalerie. Durch seine ungewöhnliche Geräumigkeit und Privatsphäre unterschied sich das luxuriöse Restaurant von den restlichen in Sankt Petersburg.

Alles war passend, die geschmackvoll aristokratisch hergerichteten Räume und gutes Essen.

Das Restaurant war eines der ältesten und gehobeneren Restaurants der Stadt und wurde von Berühmtheiten wie Tschaikowski und Dostojewski besucht.

Für uns war es damals aufregend, dort Zeit zu verbringen. Wir liebten es, zu tanzen. Wenn wir anfingen, uns auf der Tanzfläche im Rhythmus der Musik zu bewegen, dann wurde es um uns herum still. Wir tanzten nicht zu

Disko-Musik, sondern zu angenehmen Klavier-klängen.

Durch meine Mutter habe ich schon als Kind immer getanzt.

Meine Mutter hat uns gelehrt, der Musik zu folgen.

Mein Vater war Musiker und Mutti hat im Theater gearbeitet. Schon als Kind war ich begeistert von der Oper und dem Ballett. Das Theater war mein Zuhause gewesen.

Wir tanzten für uns, aber in der Öffentlichkeit. Die Gäste waren begeistert, uns einfach dabei anzusehen. Wir bewegten uns sehr erotisch und sehr vertraut miteinander. So verging Abend für Abend.

Und dann passierte eines Tages etwas, das mein Leben auf den Kopf stellte.

Sergej kam auf mich zu und flüsterte mir ins Ohr: »Du wurdest verlangt!«

Die Zeiten in Russland waren von Mafia und Banditen geprägt. Schutzgeld musste jeder zahlen, man konnte jedes und jeden kaufen.

»VERLANGT?«, wiederholte ich laut.

Mein Blick wandert durch den Raum. »Von wem denn?«, fragte ich.

Julia schaute mich an und sagt leise: »Sei bitte still, sonst bekommen wir noch Probleme!«

Mein Herzschlag beschleunigte sich. Das Blut rauschte in meinen Ohren und meine Kehle war auf einmal wie zugeschnürt. Ein Mann verlangte mich! Musste ich gehorchen? War ich in Gefahr? Zugleich war es auch ein berauschendes Gefühl, begehrt zu werden. Ich schluckte trocken. Ich blickte Sergej an und sagte mit zitternder Stimme: »Ich möchte aber nicht hingehen!«

Sergej sagte daraufhin zu mir mit hochgezogenen Augenbrauen: »Schätzchen, das war keine Bitte, das war ein Befehl, ich kann nichts machen.«
»Warum ich? Wer ist das?«, fragte ich, ohne eine Antwort zu bekommen. Julia kam noch zu mir und flüsterte mir ins Ohr:
»Sei freundlich und versuch, wenig Fragen zu stellen. Wenn es hart auf hart kommt, geh auf die Toilette und kletter aus dem Fenster raus. Ich behalte dich im Auge.« Sie drückte mich und gab mir einen Kuss auf den Mund.

Panik stieg in mir auf. Ich wollte nicht, dass jemand über mich verfügte, als sei ich ein Spielzeug. Auf keinen Fall wollte ich einem fremden Mann zu Diensten sein.

Mir stiegen Tränen in die Augen, aber ich versuchte, mich zusammenzureißen. Ich behielt meine Würde, sodass man mir meine Angst nicht ansah. Also ich wischte meine Tränen weg, raffte meine Schulter und ging zum Tisch.

Das Restaurant war im Stile eines American Diner der 50er Jahre aufgebaut.

Das Besondere daran war, man konnte sich mit einem schweren Vorhang von anderen Menschen verstecken. Das brachte Privatsphäre. Nicht jeder Gast benutzte die Vorhänge. Die eine oder andere Gruppe wollte schließlich sehen und gesehen werden.

»Tisch 51«, sagte Sergej zu mir, bevor ich losmarschierte. Dieser war natürlich mit einem Vorhang blickdicht gemacht worden. Ich zog den Vorgang zu Seite und sah einen Mann ohne Begleitung dort sitzen. Er war in einem

Buch vertieft und blickte nicht einmal auf, als ich hereinkam.

Meine Hände zitterten und ich fürchtete, ohnmächtig zu werden.

Auf dem Tisch standen ein Glas Tee und ein Teller mit Gebäck. Links von ihm lag ein kleiner schwarzer Block mitsamt Stift.

Ich vermutete, er habe sich zwischendurch irgendwelche Notizen zum Gelesenen gemacht.

Dann endlich nahm er Notiz von mir. Er drehte sich zu mir und schaute mich an.

Seine Augen waren so grün wie ein Teich. Ein Lächeln umspielte seine Lippen. Mein Herzschlag pochte und meine Knie drohten, nachzugeben.

Ein Russe, Gott sei Dank, dachte ich.

In Russland herrschte Unruhe und mächtige Menschen stritten sich um Macht.

Das Russland der 90er Jahre, das Russland meiner Kindheit und Jugend, glich dem Film »Die Tribute von Panem«: Reichtum und Tod gingen Hand in Hand.

In der Sowjetunion war es illegal, ein eigenes Unternehmen zu gründen oder zu besitzen.

Diejenigen, die versuchten, Waren zu verkaufen, die sie von ausländischen Besuchern erworben hatten, wurden als »Schieber« bezeichnet.

»Farzowschtschiki« handelten mit allem: von Jeans bis Vinyl, von Schönheitsprodukten bis zu Fremdwährung, oder sie verkauften Mangelware unter der Ladentheke.

Man kannte sie nur aus Filmen und doch waren sie auf den ersten Blick zu erkennen: Gangster. In den 1990er Jahren explodierte die Kriminalität: Brigaden von Gangstern, die Cafés, Märkte, Unternehmer und kleine Unternehmen jeder Art erpressten.

Banden hatten eine Hierarchie, an die sie sich streng hielten, und waren gut miteinander verbunden, indem sie ihre illegalen Einnahmen mit mächtigen Leuten ihrer Zeit teilten. Zu diesem Zeitpunkt teilte sich die Mafia in drei verschiedene Ebenen auf: Russen, Armenier mit Georgiern (Banditen) und Азербайджан (die schlimmsten).

Ich lächelte zurück. Irgendetwas an ihm war anziehend. Er hatte markante Gesichtszüge und sein Blick war sehr selbstbewusst und kalt. Ich schätzte ihn auf etwa Ende 30. Seine hellbraunen Haare umrandeten sein Gesicht. Die komplette linke Seite war mit einer großen Nabe gezeichnet, was seinem Gesicht Männlichkeit und Attraktivität verlieh.

»Hallo, Kleines. Möchtest du auch einen Tee?«, hörte ich seine raue Stimme sagen.
»Hallo, ja gerne. Danke«, antwortete ich leise.

Ich rührte mich noch immer nicht.
Der Fremde sah mich an und mit hochgezogenen Augenbrauen zeigte er auf die Bank ihm gegenüber.
»Du bist offensichtlich gut erzogen«, sagte er und blickte mir ins Gesicht. »Du kannst dich gut bewegen, hast du eine Tanzschule besucht?«, fragte er mich und goss mir dabei heißen Tee in die Tasse.
»Zucker?«, fragte er.
Ich schüttelte den Kopf.

»Und?«, fragte er erneut. »Ja, nichts Besonde-res. Ich habe eine Modelschule besucht«, antwortete ich, ohne ihn anzusehen. Du bist aber klein für ein Laufsteg-Modell«, entgegnete er. Das weiß ich, es gibt andere Modelauftritte, nicht nur für den Laufsteg«, antwortete ich. »Oh, verzeih mir, da muss ich dir recht geben«, sagte er. Sein Blick ruhte auf mich und ließ mich noch nervöser werden. Es war keine Angst mehr, sondern eine Art von Unruhe, die ich nie zuvor empfunden hatte.

»Hast du schon Aufträge?«, fragte er sichtlich neugierig. »Ja, hin und wieder, aber nichts besonders. Wenn man gutes Geld verdienen möchte, muss man die Beine breit machen«, als ich das ausgesprochen hatte, hielt ich erschrocken die Hand vor meinen Mund. »Ich entschuldige mich für meine Ausdrucksweise«, sagte ich schnell hinterher.
André, so war sein Name, versuchte sein Lächeln unterdrücken, dann guckte er mir ins Gesicht und fragte:
»Also das heißt, du bist in der Branche noch nicht ganz angekommen?«

Ich nickte. »Das freut mich, dass du gegen den Strom schwimmst. Man sagt, dass du sehr wild bist?«, fragte er mich und starrte mich an. »Wer sagt das? Ich bin ganz normal, ich lasse mir nur nicht alles gefallen. Ich steige nicht mit jedem ins Bett, auch nicht für Geld«, sagte ich mit bestimmter Stimme und versuchte, meine Nervosität zu verbergen.

»Ich möchte mich mit dir unterhalten, kannst du mir Gesellschaft leisten?«, fragte André mit ruhiger Stimme. Ich überlegte kurz und sagte: »Warum nicht, aber ich darf doch gehen danach, oder?«, vergewisserte ich mich. Er dachte darüber nach und sein Schweigen ließ erneut Panik in mir aufsteigen. »Natürlich«, sagte er und sah mich direkt an.

Wir unterhielten uns über Kunst und Geschichte.

Er las mir was aus seinem Buch vor und erzählte mir von dem einen oder anderen Autoren.

Schon nach kurzer Zeit entspannte ich mich und genoss die Unterhaltung.

André war witzig, charmant und aufmerksam. Er trug mir ein Gedicht vor. Seine Stimme war sehr tief und sehr schön anzuhören. Das war so wunderschön und ungewöhnlich, dass einem ein Mann wie André einfach ein Gedicht vortrug.

Alexander Puschkin Зимний Вечер / Wintergarten

Буря мглою небо кроет,

Вихри снежные крутя;

То, как зверь, она завоет,

То заплачет, как дитя,

То по кровле обветшалой

Вдруг соломой зашумит,

То, как путник запоздалый,

К нам в окошко застучит.

Наша ветхая лачужка

И печальна и темна.

Что же ты, моя старушка,

Приумолкла у окна?

Или бури завываньем
Ты, мой друг, утомлена,
Или дремлешь под жужжаньем
Своего веретена?

Выпьем, добрая подружка
Бедной юности моей,
Выпьем с горя; где же кружка?
Сердцу будет веселей.
Спой мне песню, как синица
Тихо за морем жила;
Спой мне песню, как девица
За водой поутру шла.

Буря мглою небо кроет,
Вихри снежные крутя;
То, как зверь, она завоет,
То заплачет, как дитя.
Выпьем, добрая подружка
Бедной юности моей,
Выпьем с горя; где же кружка?
Сердцу будет веселей.

....

Der Sturm bedeckt den Himmel mit Dunkelheit,
Schnee wirbelt umher;
dann wird sie wie ein Tier schreien,
dann wird sie weinen wie ein Kind,
dann wird entlang des heruntergekommenen
Daches
plötzlich Stroh rascheln,
dann wird sie wie ein verspäteter Reisender
an unser Fenster klopfen.

Unsere heruntergekommene Hütte
ist traurig und dunkel.
Was bist du, meine alte Dame, die
am Fenster zum Schweigen gebracht wurde?
Oder Heulen eines Sturms
Du, mein Freund, bist müde,
oder schläfst du während des Summens
Deiner Spindel?

Lass uns etwas trinken, guter Freund
Meiner armen Jugend,

lass uns aus Trauer trinken: Wo ist der Becher?
Das Herz wird fröhlicher sein.
Sing mir ein Lied, wie eine Meise
ruhig über dem Meer lebte;
Sing mir ein Lied von einem Mädchen.
Sie ging morgens Wasser holen.

Der Sturm bedeckt den Himmel mit Dunkelheit,
Schnee wirbelt umher;
dann wird sie wie ein Tier schreien,
dann wird sie wie ein Kind weinen.
Lass uns etwas trinken, guter Freund
meiner armen Jugend,
lass uns aus Trauer trinken: Wo ist der Becher?
Das Herz wird fröhlicher sein.

Auch wenn ich das bei unserer ersten Begegnung noch nicht wusste, war das der Beginn einer unglaublichen Reise mit traurigem Ende!

Nach einer Stunde durfte ich wieder zu meiner Freundin gehen.

Zu Hause lag ich im Bett und konnte nicht schlafen. Wer war er? Würde ich ihn wiedersehen?

Der hat nicht mal nach meiner Nummer gefragt. Meine Gedanken kreisen nur um André, ich war neugierig.

Am nächsten Tag hatte ich frei und war mit meiner Freundin verabredet. Ich ging herunter und aus dem Haus raus und sah einen schwarzen Mercedes mit getönten Fenstern vor meiner Haustür stehen.

Ich wollte gerade daran vorbeigehen, da hörte ich die Stimme von André.

»Hallo, Kleines, hast du Lust, mir etwas Gesellschaft zu leisten?«

»Hallo André, kann ich auch nein sagen?«, fragte ich mit einem Lächeln. »Natürlich kannst du das,

aber du bist doch neugierig, oder?«, fragte er mit Zuversicht in der Stimme.

Ich lächelte und stieg ins Auto.

Zuerst haben wir uns zweimal in der Woche gesehen, dann wurde das Ganze mehr und mehr.

André hat mich nicht mal berührt. Wir waren essen, spazieren und wir besuchten das Kino. Auch ein Picknick hat er für mich vorbereitet. Das war etwas Besonderes, aber komisch war für mich der fehlende Versuch, mich zu küssen oder zu berühren. Das war ich von Männern nicht gewohnt.

Ich fing an, die gemeinsame Zeit mit ihm zu mögen und ihn in seiner Abwesenheit zu vermissen. Ich dachte viel an ihn und mochte ihn immer mehr.

Ich bekam Geschenke, unter anderem schenkte er mir mein erstes Parfüm, das von Coco Chanel war, und meine erste Designer-Tasche von Nina Ricci, eine kleine schwarze.

Eines Abends sagte er zu mir, dass wir heute zu ihm fahren würden.

Ich war nicht überrascht, mir war schon bewusst gewesen, dass dies irgendwann passieren musste. Ich war vorbereitet und trotzdem hatte ich komisches Gefühl im Bauch.

Er hatte mein Vertrauen gewonnen. Meine Gefühle waren total durcheinander.

Er wusste von mir alles, außer meine Unter-wäsche-Größe. Ich von ihm gar nichts, nicht mal seinen kompletten Namen.

Ich hatte schon immer Geduld gehabt und meine Neugier konnte ich gut verbergen. Mein Verstand sagte mir, dass ich alles erfahren würde, wenn die richtige Zeit käme.

So war es auch.

Das Ganze war ungewöhnlich und unerwartet, ein pures Erlebnis. Alles, was ich mit André erlebte, war Neuland für mich.

Sein Chauffeur setzte uns schließlich vor seinem Haus ab. André sagte zu mir: »Malesch (малыш, übersetzt heißt das »Baby«), du brauchst keine Angst haben.«

Als er meine dunklen Locken sanft zur Seite strich, spürte ich ein Schaudern, das meinen Körper durchlief.

Ich stieg aus dem Auto aus und blieb kurz stehen.

André ging zur Tür, schloss sie auf und winkte mir zu. Ich folgte ihm. Ich betrat die Wohnung.

Diese war sehr geräumig. Wir betraten einen Flur mit großem Spiegel an der Wand und kleiner Garderobe links vom Eingang. Mein Blick fiel gleich auf ein Gemälde an der Wand.

Zu sehen war auf diesem, wie eine Frau sechs rote Ibisse durch eine Traumlandschaft führt und sich die Leinen um den langen Hals hängte. Mit gesenkten Augen schien sie festgefroren zu sein.

Ihr Anblick faszinierte mich. Dann hörte ich, wie André zu mir sagte: »Gefällt dir das Kunstwerk?« Ich antworte so leise, dass man es nur mit ganz viel Anstrengung hören konnte, denn ich wollte die Stille nicht ruinieren:

»Ja sehr, von wem ist das Werk?« Ich war überwältigt.

André sprach ebenfalls sehr leise: »Von Daria Petrillis The Lady of the Ibis. Ihr Stil verwischt die Grenzen zwischen Realität und Vorstellungskraft. Mit ihrem einzigartigen visuellen Vokabular führte sie mich in mystische Welten und macht die Einsamkeit der Subjekte fast physisch wahrnehmbar. Das ist das, was ich in meinem Herzen fühle.«

André hatte das perfekt zum Ausdruck gebracht. So was Schönes hatte ich nie gehört und nie gesehen, so etwas was Ergreifendes!

Dann nahm Andre meine Hand und führte mich ins Wohnzimmer.
»Ist dir kalt?«, fragte er. »Nein, meine Hände sind immer so eisig«, antwortete ich. Seine Hände waren sehr warm, rau und groß. André war viel größer als ich, neben ihm glich ich einer Miniatur. Seine breiten Schultern und der durchtrainierte Körper zeigten mir, dass er als Jugendlicher lange Zeit mit schwimmen verbracht hatte. Das Zimmer war im Retro-Stil eingerichtet. Es handelte sich um einen gut beleuchten Raum. Links war ein größeres Fenster, vor dem eine senffarbene Ledercouch stand.
Ein runder Tisch aus Glas war genau in der Mitte neben der Couch platziert. Auf der linken Seite stand ein langes Holzregal mit Büchern.
Ich bewegte mich ganz langsam auf dieses zu und tastete vorsichtig mit meinen Fingern über die Bücher: vier Bände von Tolstoi Krieg und

Frieden und der Liebesroman Anna Karenina. Außerdem Der Archipel Gulag von Alexander Solschenizyn, in diesem Buch geht um die Verbrechen des leninistischen und stalinistischen Regimes bei der Verbannung und systematischen Ermordung von Millionen von Menschen im Gulag. Schriftsteller Boris Pasternak hat auch sein Plätzchen in Regal gefunden mit seinem Roman Doktor Schiwago. Natürlich durfte auch der Roman von Dostojewski Die Brüder Karamazow nicht fehlen.

Ich habe damals gelesen, dass der verstorbene Literaturkritiker Marcel Reich-Ranicki einmal sagte, er halte Dostojewskis Die Brüder Karamasow, in dem es um die Frage der Täterschaft nach der Ermordung des alten Karamasow geht, für den besten Roman der Welt. Natürlich »wohnten« auch Achmatowa und Puschkin und so viele andere Autoren und Dichter in diesem Regal.

Über dem Hochtisch an der Wand hing übergroß das Bild einer dunkelhaarigen Schönheit .

André bemerkte mein Interesse. »Gefällt dir, was du siehst?«, fragte er.

»Ja sehr! Wer ist sie?«

»Niemand«, antwortete er und ein Schatten huschte über sein Gesicht.
Ich schaute ihn direkt an und sein finsteres Gesicht blickte zurück.
»Komm, ich zeige dir dein Zimmer«, fuhr er fort.

»Mein Zimmer?« Ich begann zu stottern ... »Ich glaube du brauchst hier auch etwas, das dir gehört, wenn du zu mir kommst, das ist ein Zimmer nur für dich alleine«, sagte André mit ruhiger Stimme.
Ich betrat das Zimmer. Dieses war ganz einfach eingerichtet, die Wände waren in einem angenehmen Grauton gestrichen. Vorhänge aus Samt in dunklem Rot fielen der Schwerkraft zum Opfer und ruhten sich auf dem Parkett aus, was dem Zimmer einen königlichen Anblick verlieh. Das war der einzige Farbfleck in Zimmer.
In der Mitte stand ein Bett, gegenüber an der Wand ein Kleiderschrank und alle Möbel waren weiß.

Eine kleine Kommode mit Stehlampe war rechts des Bettes zu finden. Auf der Kommode stand eine Vase mit einer weißen Rose. Auf dem Bett lagen Socken und ein weißes Hemd. »Kannst du bitte dich ausziehen? Dann komm bitte direkt ins Bad. Das Wasser habe ich schon eingelassen«, sagte André auf eine Art, die keinen Widerspruch duldete.

»Ja«, antwortete ich, ohne zu zögern.

Ich betrat das Badezimmer, welches mit einer sanften, gedämpften Beleuchtung ausgestattet war. Eine romantische Badewanne mit Füßen war mit Wasser gefüllt.

Ich zog mein Hemd aus und stieg in die Badewanne. Das heiße Wasser umarmte meinen Körper. Ich setzte mich hinein und versuchte verzweifelt, mir mit dem Schaum meine Brüste zu bedecken.

André kam herein und sah mich an, ließ seinen Blick über meine Nacktheit wandern.

Ich zog meine Knie zur Brust und lehnte meinen Kopf daran. So konnte man nichts von meinem Körper erkennen.

Er schaut mich immer noch an und dann kniete er sich neben mich auf den Boden, nahm Seife und einen Schwamm und fing an, mich zu waschen und sanft zu berühren. Er wusch meine Haare konzentriert, ohne dabei einen Ton zu verlieren. Ich spürte seine Hände an meinem Körper und mir gefiel es. Ich wollte ihn. Die klaren Klänge eines Mozartstückes erfüllten den Raum.

In dieser Nacht hatten wir keinen Sex, ich schlief allein.
André berührte mich zwar und küsste mich, aber mehr ist nicht passiert.
Er war es, der meine Begeisterung weckte, mich fremden Händen zu überlassen. Später genoss ich es, seine Puppe zu sein.
André war aufmerksam und sehr ruhig, er schenkte mir eine schöne Zeit ohne Sorgen.
Eines Tages, um halb zwei Uhr in der Nacht erwachte ich mit klopfendem Herzen und steifem Hals und war wohl nicht die Einzige, die wach war. Ich hörte, wie André durch die Wohnung schlich. Irgendetwas sagte mir, dass ich

im Bett bleiben sollte. Dann ging die Tür zu meinem Zimmer auf und André kam herein.

Ich versuchte, mich nicht zu bewegen und meinen Atem ruhig zu halten.

André blieb kurz stehen und dann setzte er sich auf die Kante meines Bettes.

Stille.

Dann hörte ich ihn flüstern:

»Du bist so großartig wie ein Sonnenuntergang im Sommer. Das besondere an dir ist, wenn man dich kostet, das ist ein Genuss. Durch dich schmeckt man den Sommer-Sonne-Honigkuchen mit einer leichten Prise Orange. Unvergesslich!! Der Duft von dir ist unbeschreiblich, er erinnert mich an eine Blumenwiese. Alles um mich rum hat keine Bedeutung, wenn ich mit dir zusammen bin. Was soll ich tun?

Ich liebe dich! Gott helfe mir, ich habe wirklich versucht, es nicht zu tun.

Ich bitte dich ... bitte nicht nochmal ...«

Ich hörte, wie er weinte ...

Ich denke, ich liebe dich auch, wollte ich sagen. Aber ich blieb unverändert liegen. Er legte sich zu mir und ich schlief wieder ein.

Am nächsten Morgen war er nicht mehr in meinem Bett. Ich beschloss, das Ganze für mich zu behalten.

Ich ging in die Küche und sah ein fertiges Frühstück und einen Zettel auf dem Tisch!

Auf dem Zettel fand ich eine Nachricht von André:

»Malesch, Kostja (das war der Name des Chauffeurs, Konstantin richtig ausgesprochen) wird dich nach Hause fahren. Er holt dich wieder heute um 20 Uhr ab. Kauf dir was Schönes zum Anziehen, wir gehen ins Theater!«

Daneben lagen 200 Dollar auf dem Tisch.

Wir besuchten teure Clubs und Restaurants. Theater, Oper und Ballett. Ich fragte ihn nie, wie er sein Geld verdiente, auch nicht wer seine Freunde waren. Seine Vergangenheit, sein Leben außerhalb unserer Treffen war ein verbotenes Land für mich, das ich nicht wagte zu betreten.

Ich kannte nur seinen Chauffeur und seine Wohnung, mehr durfte ich nicht wissen. Ich glaube, er hat mich geliebt. Ich war SEINS, aber er war nicht MEINS!

Wir unterhielten uns über Künstler und Malerei, Bücher und Geschichten. Über Essen und Träume.

Sex spielte die Hauptrolle in unserer »Beziehung«. Sex war unser treuer Begleiter.

Wir trieben es überall ... Im Fahrstuhl, Auto auch im Restaurant ... Überall wo ER wollte. André hat sich einfach genommen, was er wollte.

Das was ungewöhnlich und anders.

Durch den Sex wusste ich, wie er sich fühlt. An schlechten Tagen haben wir gar nicht gesprochen. Diese Tage waren selten und ich wusste, wie ich mich dann zu benehmen hatte.

Ich wurde von Arbeit abgeholt, von seinem Chauffeur. Sein Chauffeur war ein großer, schlanker Mann mit schwarzen Haaren und dunklen Augen.

Sein Gesicht zierte immer ein sehr grimmiger Ausdruck. Er zeigte nie Gefühle. Ich habe nicht ein einziges Mal ein Lächeln in seinem Gesicht gesehen. Er wirkte so düster.

Ich fragte damals André, warum der Chauffeur nie lächeln würde. André sagte, dieser sei von Natur aus so ein Mensch. Er redete kaum. »Uns verbindet viel. Der hat mir einmal das Leben gerettet«, erzählte mit eines Tages André. Für André war er nicht nur ein Chauffeur und Bodyguard, er war sein Vertrauter und sein einziger Freund.

Ich hörte gleich, als ich die Wohnung betrat, wie er mit erhobener Stimme sagte: »Zieh dich aus und komm zu mir!« Und ich tat es. Ich betrat sein Zimmer und blieb vor ihm stehen. Ich stand nackt da. Er ließ sich Zeit und schaut mich an.

Seine Blicke tasteten mich von Kopf bis Fuß ab. Er sah mich eindringlich an.

André hob ansatzweise die Arme, als wollte er mich an den Schultern packen und schütteln.

Obwohl ich mit knapp 1,65 m nicht so klein bin, war er neben mir so groß, dass ich den Kopf in den Nacken legen musste, um ihm in die Augen sehen zu können.

Schlagartig wurde mir bewusst, wie groß und kräftig er verglichen mit mir war.
Ich senkte meinen Blick und warte auf seine Handlung. Er fixiert mich erneut mit seinen unbeschreiblich grünen Augen. Etwas anderes als Angst überlief meine Haut, als ich seine Berührung spürte.
Dann nahm er mich, so hart, wie es nur möglich ist. Seine Wut und Trauer konnte ich jedes Mal spüren und sehen. Die Druckstellen waren später als blaue Flecken an meinem Körper zu sehen, als wäre ich verprügelt worden.

Aber André hätte so etwas nie getan. Nie hat er mir wehgetan.
Nach dem Sex weigerte er sich, in meine Augen zu sehen.
Ich habe nie Fragen gestellt und hinterfragte sein Verhalten oder seine Entscheidungen nie-

mals. Für mich war er etwas Unerreichbares und ich wusste tief in mir drin, dass André nur ein Abschnitt in meinem Leben sein würde und dass das Ganze vorbeigehen würde.

Insgesamt hat es mit uns sechs Monate angedauert und danach war er einfach verschwunden. Ich wusste gar nichts über ihm ... nichts.

Er rief mich von jetzt auf gleich nicht mehr an und sein Chauffeur war auch nicht mehr in meiner Nähe zusehen.

André war einfach aus meinem Leben verschwunden.

Ich war fassungslos und traurig. Damals konnte ich nur Sergej nach ihm fragen und er konnte oder durfte mir nichts sagen. Alles wurde zu einem Geheimnis!

Ich war bei meiner Freundin zu Besuch, dann kam ein Anruf. Julia sagte, Sergej habe nach mir gefragt, er würde gleich vorbeikommen.

»Was will er? Hatte er etwas von André gehört?«, fragte ich mich. Mein Herz schlug schneller und schneller.

Sergej kam herein und sah mich an. In diesem Moment wusste ich, dass etwas Schlimmes passiert war. Mein Gesicht wurde kreidebleich vor Angst.

»André ist tot«, hörte ich die leise Stimme von Sergej.

Mir wurde schwarz vor Augen und dann verlor ich mein Bewusstsein.

Ich öffne meine Augen und sah Sergej neben mir sitzen.

»Ach Kleines, Gott sei Dank, wir haben schon einen Arzt gerufen ... Du hast uns Angst eingejagt!«

Die Gedanken wirbelten durch meinen Kopf und da war dieser Abgrund, der wieder und wieder auf mich zuraste. Wie aus weiter Ferne hörte ich, was Sergej erzählte.

Man hatte André und seinen Chauffeur tot aufgefunden, jeweils mit einer Kugel im Kopf. Erschossen! Sergej erzählte mir Geschichten von André.

André war ein größeres Tier in der Mafia-Szene gewesen. Vor Jahren wurden seine Frau und sein Kind umgebracht. Das Ganze war als angeblicher Autounfall verschleiert worden.

Vieles wurde mir klar, sein Verhalten mir gegenüber, sein Beschützerinstinkt ... oder sein Blick ins Leere. So viel Trauer war in seinen Augen erkennbar gewesen. In seiner Wohnung hatte es keinerlei Fotos von seiner Familie oder von Freunden gegeben. Alles war ein Geheimnis, ein gutes Versteck.

Niemand hatte wissen dürfen, dass mich gab. Ich lebte in einem Traum und jetzt war ich erwacht und wusste zuerst nicht, wo die Realität liegt und was ich zu tun habe. Ich brauchte Zeit, das alles zu verarbeiten und dabei nicht zu ertrinken.

Das war nicht meine Liebe, das war seine Liebe! Ich war seine Liebe – ich war Kind und Frau in einem!

Mehr als einmal hatte ich ihn in der Nacht weinen gehört.

Einmal trat ich in sein Zimmer und er hatte auf dem Sofa gesessen und aus dem Fenster geschaut. Als er mich hörte, hatte er sich umgedreht und mich direkt angesehen.

Nachdem sich meine Augen an die Dunkelheit gewöhnt hatten, stand ich noch immer mit dem Rücken zur Tür und schaute ihn an. Das Licht von seiner Tischlampe schoss mir in die Augen und blendete mich. Es war absichtlich auf mich gerichtet gewesen.

Die Lichtstrahlen durchdrangen den Stoff des Hemdes, so dass er von seinem Platz aus sah, wie sich mein Körper fast unverhüllt dadurch abzeichnete. Fasziniert wanderten seine Blicke über meine Rundungen.

Ich konnte sein Gesicht nicht mehr sehen, aber er konnte meine Silhouette sehr gut erkennen und das erregte ihn sichtlich.

»Bitte beweg dich nicht!«, hörte ich ihn sagen.

Leise stand er auf und schlich zu mir hinüber.

»Du duftest nach dem Frühling«, hörte ich ihn mit leiser Stimme sagen.

Sanft fuhren seine Lippen über meine Haut am Nacken. Ich spürte, wie sich das Erschauern meines Körpers wiederholte, als er seine freie

Hand nun streichelnd auf meinen Bauch legte. Ich spürte die Wärme, die davon ausging, und genoss es, als seine Hand ganz langsam aufwärts kroch.

Verspielt umkreiste er mit einem Finger meinen Nabel, bevor er langsam über meine Hüften nach oben streichelte. Nur andeutungsweise streiften seine Fingerspitzen die Rundungen meine Brüste und suchten sich zielstrebig ihren Weg nach oben. Langsam streifte er das Hemd über meine Schultern und schob den Stoff über meine Arme, bis das Kleidungsstück zu Boden fiel.

Ich spürte, wie mein ganzer Körper wie elektrisiert war und ich mich mit jeder Faser nach dem, was nun folgen würde, sehnte. »Bitte ... hör nicht auf ... Ich will dich ... Ich will dich so sehr«, flüsterte ich.
Er küsste mich, bis meine Lippen anfingen zu bluten.
Ich spürte mit jeder Faser seinen Schmerz, seine Trauer und seinen Hunger!

DER PROFESSOR

Der Professor darf viele Sachen mit mir genießen ... mich haben ... mich besitzen ... mich lieben ...
Unser Badezimmer befindet sich im Obergeschoss neben dem Schlafzimmer. Es ist modern und komfortabel ausgestattet mit einer Duschkabine, Toilette, zwei Waschbecken und eine Badewanne. Über den Waschbecken hängen große Spiegel mit leichter Beleuchtung. Unser Badezimmer gehört mehr zum Wohnraum, zu einem Ort der Entspannung und Erholung.

Ich schleiche mich aus unserem Schlafzimmer heraus und gehe die Treppe herunter. Links an der Wand hängen viele verschiedene Bilder von uns, seiner und meiner Familie. Auch von unserer Hochzeit hängen dort einige.
Hochzeit, daran hatte anfangs keiner von uns gedacht.
Daran dachte damals niemand, als wir uns begegneten, an jenem Nachmittag im Café.
Er war verheiratet.

Wir mieden den Namen seiner Frau bei unseren Verabredungen, als würde er uns Unglück bringen.

Zwei Tage später, nach unserem ersten Treffen, schrieb er mir:
»Du weißt, dass ich verheiratet bin. Ich war noch nie untreu, das ist nicht mein Art, so ein Leben zu führen.«
Ich habe nur gedacht, ich sei verloren, denn in dem Augenblick, als ich ihm so nah gewesen war, ist etwas mit mir passiert. Ich wusste trotz allem tief in mir drin, dass es um mich geschehen war.
Er konnte zu diesem Zeitpunkt nicht im Geringsten ahnen, was zwischen uns passieren würde.

Zuerst war es Neugier, dann kam die Lust, danach folgten Mangel und Verlagen und alles endete mit Sehnsucht und LIEBE!

TRAUMFRAU

Der Professor hat so wie jeder Mann eine genaue Vorstellung von seiner Traumfrau.
Ich war neugierig und hoffte, dass ich seine TRAUMFRAU sei. Ich war beim Professor zu Hause und wir genossen unseren Abend.
Ich saß auf seinem Schoß und küsste ihn, dann fragte ich spontan: »Professor, wie sieht Ihre Traumfrau aus?«

Der Professor schüttelte mit einem Lächeln den Kopf. »Ich habe keine Traumfrau!«

Ich blieb hartnäckig.
»Professor, dann wird es doch Zeit, sich ihre Traumfrau vorzustellen. Ich stelle Fragen und Sie antworten mir, abgemacht?«, schlug ich vor. Der Professor nickte.

Und Folgendes kam als Traumfrau des Professors heraus:
Verstand und Intelligenz der Doktorin der Psychologie Charlotte Bühler. Den Sexappeal

von Marilyn Monroe und das Aussehen von Angelina Jolie.

Ich war neugierig, warum der Professor sich nicht sofort sich bei mir gemeldet hatte. Es hatte zwei Wochen gedauert, bis ich eine Nachricht von ihm erhalten habe. Ich wollte unbedingt den Grund seines Verhaltens wissen und fragte nach:
»Professor, wovor haben Sie Angst gehabt? Sie haben sich sehr lange Zeit gelassen, bevor Sie sich bei mir gemeldet haben!«
Er schwieg, überlegte, ohne mich anzuschauen, und sagte kein Wort. »Na gut, ich helfe Ihnen«, sagte ich geduldig. »Da gibt's nur zwei Möglichkeiten.
Die Erste: Gefühle.
Die zweite: Sie fragen sich, was ich von Ihnen will ... will ich Geld? Möchte ich Sie später erpressen ...?

Der Professor hörte sich das aufmerksam an und dann sagte er leise: »Das erste!« »Die GEFÜHLE ...?«, fragte ich erneut.

Der Professor nickte ...

Für den Professor war ich etwas, das schön anzusehen und anzufassen war, aber mehr war zunächst nicht drin! Er schrieb mir nur selten und die Zeit, die wir zusammen verbrachten, war bis auf die letzte Minute geplant. Mich machte das zuerst wütend und verletzt, aber ich wollte ihn nicht verlieren und beschloss, das Ganze einfach zu genießen und sein Verhalten zu akzeptieren.

Eines Abends sagte der Professor zu mir: »Kurze Treffen mit langen Erinnerungen.«

Ich wusste nicht genau, was er damit meinte.

Deswegen versuche ich ihn zu verbessern: »Langes Treffen mit traumhaften Erinnerungen!«

Er schaute mir direkt ins Gesicht und nickte stumm. Ich bekam eine Gänsehaut.

Oh Gott, er ist so unbeschreiblich schön, dachte ich, wieder einmal leicht benommen.

Etwas breitete sich aber in meinem ganzen Körper aus, als er mich angeschaut hatte, und ich wusste nicht, was das sein sollte.

Eine Woche später wusste ich, was das war.

RITUAL

Der Professor war nicht darauf vorbereitet, dass ihm das passieren würde! Hier traf Vernunft auf Liebe.

Ich stellte immer so viele Fragen, damit brachte ich jedes Mal den Professor in Verlegenheit.

Sein Kollege hatte das auch schon mitgekriegt, ohne zu wissen, wie wir zueinanderstanden.

Zu diesem Zeitpunkt wusste niemand von unserer Affäre. Wir hielten das geheim, keiner von uns wollte den Ruf des Professors ruinieren.

Nicht mal meiner Freundin erzählte ich davon.

Meine Freundin, die ich damals zufällig kennengelernt habe. Ich suchte damals eine Kosmetikerin und man hatte mir die Nummer von Marabella gegeben. Ihr Name beschreibt sie genau.

Der Name Marabella ist eine Variante des englischen und spanischen Namens Maribel.

Maribel bedeutet so viel wie »widerspenstig« und ist eine Doppelform von ‚Maria' und ‚Isabel'. Bella bedeutet »die Gute«, «die Schöne».

Bei unseren ersten Begegnungen war ich von ihrem Aussehen überwältigt gewesen. Sie sieht aus wie ein Engel. Ihre wahnsinnigen blauen Augen strahlen immer immens viel Freude und Wärme aus. Ihr Gesicht umrahmen goldenene Locken.
Sie ist wie der strahlende Sonnenschein. Wir waren uns von unserer ersten Begegnung an sehr nah und vertraut. Sie ist eine super Zuhörerin, wir lachen und weinen zusammen. Sie ist die Sonne und ich bin der Schatten.

Wenn sie von mir und dem Professor gewusst hätte, hätte sie mich gewarnt.
Sie hätte gesagt: »Der hat eine Frau und Kinder. Lass es! Mach dir bitte nichts vor! Der ist ein Professor und nebenbei eine große Nummer. Er wird dir weh tun! Nimm dich bitte in Acht.« Das wären ihre Worte gewesen, wenn sie davon gewusst hätte. Mir war das bewusst,

aber ich wollte einen Traum leben und der Professor war dieser Traum!

Eines Abends begegneten wir uns unerwartet im Restaurant. Der Professor war mit seinem Kollegen Damon dort, einem sympathischen jungen Mann. Damon war sportlich und sah fantastisch aus. Er hatte strahlend blondes Haar, blaue Augen und ein ansteckendes Lachen.
Ich begrüßte die beide kurz, sie saßen nicht in meinem Bereich. Damon freute sich immer, wenn er mir begegnete.

Diesmal war es wieder einen schönen Abend für uns alle mit viel Unterhaltung und ganz lustigen Momenten. Es gibt da ein Ritual beim Professor, er raucht immer eine Zigarette am Tag, meistens spät abends nach dem Essen.

Ich erwischte die beiden draußen vor dem Servieren des Essens rauchend.
»Damon, du versaust den Professor, das geht doch nicht«, sagte ich lächelnd.
»Nein, nein, das ist doch sein Entscheidung!«

Damon setzte bei diesen Worten sein bezauberndes Lächeln ein und sagte, ohne den Professor anzuschauen.

»Alexander ist doch schlau, das ließe er doch niemals unfreiwillig mit sich machen!« Ich blickte den Professor an und sagte mit bestimmter Stimme: »Natürlich, er ist auch ein Professor und noch dazu ein Doktor, sehr, sehr schlau der Mann. Und er ist viel älter als wir.«

Damon versuchte, den Professor zu verteidigen: »Ne, der ist nicht älter, er ist erfahrener und reifer!«

Der Professor schmunzelte, während er unserer Unterhaltung lauschte, nahm an dieser aber nicht teil. Er ließ sich von meinen Spielchen nicht verunsichern.
Ich hingegen ließ nicht locker: »Ich entschuldige mich, natürlich mein Fehler, Professor Doktor mit Erfahrung und so weiter ...«

Der Professor zog an seiner Zigarette und schaute mich an.

»Hör auf! Du bringst den Professor im Verlegenheit, damit drückst du ihn direkt an die Wand«, sagte Dämon, dabei lächelte er.

»Ich weiß, das ist auch meine Absicht gewesen«, erläuterte ich das Ganze und beschloss, zu verschwinden und meine Arbeit fortzusetzen. Ich war schon fast wieder im Restaurant verschwunden, da hörte ich, wie Damon sagte: »Nein, nein, nein, das kannst du nicht so stehen lassen! Ich habe jetzt richtige Bilder vor Augen, Kopfkino.«

»Der Professor an der Wand?«, fragte ich laut lachend.

»Nein, du bist an der Wand ...«, entgegnete Damon und schenkte mir ein bezauberndes Lächeln. Ich lachte und schaute den Professor an. Er zog seine Augenbrauen hoch und versuchte, sein Lachen zu unterdrücken.
Durch das Fenster sah ich, wie der Professor mich den weiteren Abend lang beobachtete.

DREI REITER

Bei einem Treffen erzählte ich dem Professor eine Geschichte.

»Ich denke in unserem Leben gibt es drei Reiter: einen schwarzen, einen roten und einen weißen.

Der schwarze Reiter ist jung und wild.

Erwiderte Liebe ist für jeden Menschen ein wunderbares Erlebnis, aber bei ihm führt sie zu wahrer Euphorie. Stürmische, fast süchtige Verliebtheit zeichnet ihn aus, so heftig sind auch die Gefühle, wenn das Ganze dann schiefgeht.

Ich würde vermuten, es geht um eine tiefe emotionale Erfahrung. Unüberlegt und selbstgefällig. Die ersten Erfahrungen hinterlassen tiefe Spuren im Gehirn. Ein gigantischer Kick!

Beim roten Reiter verbinden sich Zukunftspläne mit Liebe, Sex, Familie und Freundschaft ... Dann kommen Gewohnheit, Selbstverständlichkeit, wenig Zeit und Kinder dazu. Die Folge: Verzweiflung und Routine. Man verliert Lust und Zeit, zweifelt an sich und am Partner. Viele lassen sich gehen und vergessen die schönen Momente im Leben. Und sie vergessen auch, was Liebe ist. Verliebt, verlobt, verheiratet!

Der weiße Reiter hingegen steht für den Anfang von etwas Neuem, Wahrheit, die Neutralität, Klugheit, Wissenschaft und Genauigkeit. Und für das Wunderschöne. Für bewussten Sex, Hunger nach Liebe und Berührung. Kurz: eine Reise ins Wunderland. Magie, Glück, Vollkommenheit.

Man kann natürlich, meiner Meinung nach, alle Reiter erleben mit ein und demselben Partner ... aber in der Realität ist das selten der Fall, beinahe unmöglich!«

Der Professor hörte sich meine Geschichte an und dann sagte er: »Die ersten beiden Reiter sind mir bekannt, der dritte taucht auf, wenn man sich an einem bestimmten Weg im Leben befindet und dann nach links oder rechts abbiegt.«

Ich dachte damals, dass wir beide gerade an diesem Weg standen und uns bald entscheiden müssten, abzubiegen oder doch unseren bisherigen Weg weiterzugehen!

ANTRAG

Eines Tages, es war früh am Morgen in der Dusche. Wir duschten fast immer zusammen, es war unser Ritual geworden. Der Professor schaute mich an und nahm mein Gesicht in seine Hände. Ich liebe es, wenn er das tut. Das Wasser lief über meinen Rücken. Meine Hände umarmten sein Körper, ich spürte ihn so deutlich und klar. Ich konnte seinen Herzschlag hören.

Ich blickte zu ihm hoch und er küsste mich voller Leidenschaft auf den Mund, dass ich alles um mich herum vergaß. Dann hörte ich, wie er mir ins Ohr flüsterte: »Möchtest du meine Frau werden?«

»Wie bitte?«, fragte ich erschrocken. »Was sagst du da?« Ich blickte ihm direkt ins Gesicht.

»Du bist doch gerade erst geschieden worden. Was sagen deine Kinder dazu?«, fragte ich verwirrt.

Ich glaubte meinen Ohren nicht. Träumte ich etwa? Nein, ich war wach! Ich war wirklich wach, ja klar, das war ich ... Mein Herz pochte schneller und schneller. Mir wurde plötzlich schwindlig und ich hielt mich an meinem Professor fest.

Mein Gesicht lag noch immer in den Händen des Professors. Seine Augen waren immer noch auf mich gerichtet.

Geduldig wartete er auf meine Antwort.
»Bist du dir sicher, dass du das willst?«, fragte ich ihn leise. Der Professor nickte und starrte mich an. Seine Züge bewegten sich nicht. »Ja, ja ich will«, flüsterte ich und die Tränen liefen mir über die Wangen. Der Professor küsste mich auf den Mund, seine Zunge streichelte meine Lippen und berührte meine Zunge. Er konnte schon immer gut küssen. Seine Hände ließen mein Gesicht los und vorsichtig berührten sie meinen Hals, dann meine Brüste. Seine Lippen küssten jeden Zentimeter meines Körpers. Danach drehte er mich zur Wand und küsste meinen Rücken. Ich ließ mich fallen.

Und wir wurden eins. Das war mehr als ein Antrag, das war etwas wunderbares, und ein ganz besonderer Moment. Meine Tränen waren aus Gold ...

HOCHZEIT!

Wir entschieden uns, im Sommer zu heiraten. Der Juli ist ein besonderer Monat. Er liegt zwischen unseren beiden Geburtstagen.
Mein Geburtstag ist im Juni, die Zeit der Erdbeeren, Süßkirschen, Johannisbeeren und Stachelbeeren. Der Professor hat im August Geburtstag, der Monat des Sammelns.

Im Juni werden die Nächte kürzer und die Tage werden länger. In diesem Monat beginnt endlich der Sommer, die Vögel werden langsam etwas ruhiger und der Pollenflug erreicht seinen Höhepunkt.
Der Juni ist die Zeit der Verbindlichkeit, der folgende Juli ist der Monat des Genusses, bevor im August Ernte und Dankbarkeit folgen.

Der Juli wird auch als Honigmond bezeichnet, in Englisch »Honeymoon«, die Flitterwochen. Er ist der Beginn der Zeit der Fülle. Alle Pflanzen stehen in Saft und Kraft, viele Dinge beginnen zu reifen, einiges lässt sich bereits ernten

... Der Juli hat alles in Fülle: Licht, Sonne, Wachstum, Lebensfreude, Pflanzen, Früchte, Blumen und Kräuter.

Deswegen eignet sich dieser Monat besonders zum Genießen und »aus dem Vollen schöpfen«. Man sammelt die ersten Kräuter, tankt Sonne, feiert die Natur mit Ausflügen und Picknicks und füllt so die persönlichen Batterien auf mit Lebensfreude und Liebe, mit Wünschen und Zielen und auch Vertrauen.
Daher entschieden wir, uns im Juli das Ja-Wort zu geben.

Mein Traumland war schon von Geburt an durch meinen Namen bestimmt: Frankreich. Meine Mutter hat sich für meinen Namen entschieden, weil sie zu diesem Zeitpunkt von einem Film begeistert gewesen war. Der Titel lautete: Angélique, marquise des anges. Es war eine französische Filmreihe, die auf den historischen Romanen von Anne Golons um eine junge Adelige aus der Zeit Ludwigs XIV. basiert. Angélique war eine sehr hübsche Frau mit sehr starker Persönlichkeit. Meine Mutter sagte mir, als ich 9 Jahre alt war, hätte ich besondere Fähigkeiten aufgrund meines Namens bekommen: Stärke und Unbesiegbarkeit.

Wir heirateten in Südfrankreich. Ich konnte mein Glück kaum fassen, ich heirate meinen Traummann, meinen König, meinen Professor, meinen Doktor! Ähnlich glücklich, aber anders, war ich schon mal zuvor in meinem Leben gewesen.

MEIN ERSTER REITER

Meine Erinnerungen tragen mich zurück in die Stadt der weißen Nächte, wo die Nacht zum Tag wird, zu meinem ersten Reiter.

St. Petersburg wird auch das Venedig des Nordens genannt. Die Stadt wurde auf sumpfigen Boden praktisch aus dem Nichts errichtet. Wer St. Petersburg zwischen Ende Mai und Anfang Juli besucht, läuft Gefahr, sich in diese Stadt zu verlieben. In dieser Zeit geht die Sonne nie ganz unter und ein magisches Licht beherrscht die prachtvolle Großstadt. Maler und Dichter haben diese besonderen Nächte zahlreich verewigt. Es ist Stadt mit historischen Sehenswürdigkeiten und unbeschreiblicher Architektur.

Alles begann in Sankt Petersburg, ich war 18 Jahre alt, er war 26. Meine beste Freundin stellte mir Baks vor, das war sein Kosename und bedeutete Dollar.

Ich nannte ihn immer Igel (Ёжик). Ich war wild nach Liebe und wollte geliebt werden, war gierig und neugierig nach Nähe. Liebe war mir bisher noch nicht bekannt. Dieser »Dame« war ich damals noch nie begegnet.

Bisher hatte es einfach nie so funktioniert wie erhofft, was wohl am Alter der noch unreifen jungen Männer lag. Die ich wollte, wollten mich nicht, aber die Männer, die mich wollten, wollte ich nicht.

Ich verspürte keinen Reiz mehr, wenn jemand zu schnell Interesse zeigte und versuchte, mir jeden Wunsch von den Lippen abzulesen. Ich war sehr wild und für viele unerreichbar.

Der Abend verlief so wie fast jeder Abend mit meiner Schulfreundin. Sie wohnte in der gleichen Straße wie ich, nur vier Häuser weiter. Wie sind zusammen zur Schule gegangen und von der ersten Klasse an waren wir befreundet. Vesta war so groß wie ich, hatte eine sportliche Figur und recht breite Schulter. So wie ich war sie mit Sommersprossen beschenkt, und hatte eine Stupsnase.

Sie hatte dunkles, dünnes braunes Haar und war immer neidisch auf meine langen schwarzen Haare. Und trotzdem war sie mit ihrer Kurzhaarfrisur sehr hübsch. Wir waren befreundet, aber nicht so wie früher. Die Schule war vorbei und jeder von uns hatte seinen eigenen Weg eingeschlagen.

An diesem Tag war ich zu Besuch bei ihr zu Hause gewesen. Wir saßen auf dem Bett und unterhielten uns. Ich hatte gerade eine kurze Beziehung beendet und war bereit für etwas Neues. Sie fragte mich: »Hast du Lust auf ein schönes Wochenende? Wir haben uns ein Häuschen gemietet außerhalb von Sankt Petersburg.«

Sie war zu diesem Zeitpunkt in einer Beziehung. Sie war mit einem verheirateten Kollegen zusammen. Die beide wollten gemeinsam ein schönes Wochenende verbringen und brauchten ein Alibi für seine Frau. Deswegen sollte der Cousin von Volodja mitkommen, Sergej.

Sie beschrieb mir Sergej kurz und knapp: schüchtern, lustig, mit viel Geld. Meine Freundin liebte Geld und alles drehte sich für sie darum! Sergej war 27 Jahre alt und hatte Germanistik studiert. Sein Vermögen hatte er an der Börse gemacht.

Drei Jahre zuvor hatte er eine Firma für Import und Export gegründet.
Einen Tag später packte ich meine Tasche und war bereit, mich auf das Abenteuer einzulassen.
Wir wollten uns alle vor dem Haus von Vesta treffen. Ich war überpünktlich und wartete.
Ein schwarzer BMW bleibt kurz stehen und ein Mann stieg aus.
Dieser war nicht sehr groß, aber sportlich gebaut. Er blickte in meine Richtung. Dann kam er auf mich zu.

»Du bist bestimmt Angelique, hallo«, sagte er mit einem breiten Lächeln. Der Mann betrachtete mich eingehend und schien dabei jedes Detail meines Gesichtes zu studieren.

»Du bist schön«, sagte er, was mir vorher keiner auf diese Weise gesagt hatte.
Ich wurde rot und lächelte nur schüchtern.

Durch sein dunkles, struppige Haar und seine runden, dunklen Knopfaugen sah er aus wie ein Igel.

»Sergej, richtig?«, versuchte ich ein Gespräch zu beginnen.
»Ja, so nennen mich meine Eltern, Freunde sagen Baks zu mir«, sagte er.
Zu meiner Erleichterungen kam dann ein roter BMW angefahren und meine Freundin winkte mir aus dem Auto zu.

Sergej war sehr humorvoll und ein äußerst interessanter Mensch. Wir konnten uns sehr lange uns. Ich war hungrig nach Wissen und durstig nach Liebe. Er strahlte sehr viel Ruhe und Stärke aus. Ich fühlte mich wohl in seiner Gegenwart. Wir verbrachten viel Zeit miteinander. Die Nächte waren mit einem Zauber erfüllt.

Das Wochenende verging ziemlich schnell. Wir tauschten unsere Nummern aus, ohne einander etwas zu versprechen. Und alles ging wieder seinen gewohnten Gang. Ich ging wieder arbeiten und versuchte, mir keine Hoffnung zu machen.

Nach drei Tagen bekam ich von ihm ein Strauß Blumen zugeschickt. Es waren 63 rote und eine weiße Rose mit einer beigefügten kleinen Karte.

Auf der Karte stand:

Ich schenke dir 64 Rosen. Für die wunderbare Zeit, die du mir geschenkt hast. Die 63 roten Rosen für jede gemeinsame Stunde mit dir. Ich schenke dir außerdem noch eine weiße Rose für den Kuss, den du mir mitgegeben hast! Du küsst wie eine Göttin ... Du siehst aus wie ein Engel und besitzt eine teuflische Anziehungskraft!
PS: Ich habe deinen Pullover aus Versehen mitgenommen. Dein Duft macht mich noch immer

wahnsinnig! Ich musste immerzu an dich denken.

Ich möchte dich wiedersehen.

Ich hole dich am Samstag um 18 Uhr ab.

LG
Baks

Mein Herzschlag geriet aus dem Takt. Ich lächelte.
»Ich auch, ich auch möchte dich auch wiedersehen«, sagte ich.

Von da an waren wir zusammen. Ich stellte ihn meinen Eltern vor und zog zu ihm in sein Apartment. Das war alles zu schön, um wahr zu sein. Mit ihm hatte ich meine erste Reise ins Ausland als junge Frau. Wir waren so glücklich, wir hatten alles, was wir uns nur wünschen konnten.

Er schenkte mir meinen ersten Pelzmantel und meine erste Levi's. Dazu Kleider und Schuhe und vieles mehr.

Ich weiß noch, wie ich die Straße mit meiner Schwester überquerte und ihr sagte:
»Polka, ich habe so eine Angst«, und Tränen stiegen in meine Augen. »Warum das denn?«, fragte sie überrascht.

»Ich verspüre zurzeit so viel Glück, dass ich denke, dass ich Flügel habe. Dass ich Zauberkräfte besitze und zaubern kann. Dass die Götter mir alles gegeben haben, was man sich wünschen kann: unbegrenzte Liebe, Glück. Sergej ist das beste, was ich in meinem Leben getroffen und erlebt habe. Mir geht's so gut. Das ist nicht nur Liebe, das ist viel, viel mehr als das!«, sagte ich.

»Was ist denn mehr als Liebe?«, fragte mich meine Schwester. Ich überlegte kurz und dann antwortete ich:
»Das ist eine Mischung aus einer Romanze, aus Action und heißem Sex.«
Wir lachten beide.
Wir waren immer nur zu zweit, Baks und ich!

Selten verabredeten wir uns mit Freunden. Er wollte mich nur für sich allein und ich wollte nur ihn.

Er sagte mir einmal: »Ich muss dich beschützen vor dem Bösen.«
Ich war sein Schatten und er war der meine. Ich konnte ohne ihn nicht sein und er nicht ohne mich. Das war beängstigend.

Das war eine Sucht. Sergej war meine Droge.
Ohne ihn lag ich die ganze Nacht wach. Ich wollte ohne ihn nicht duschen. Wenn er nicht da war, wurde ich krank und verlor meine Kräfte. Ich war besessen von ihm!
Er war alles für mich: Die Luft zum Atmen und das Leben! Im realen Leben funktioniert so etwas märchenhaftes nur für eine bestimmte Zeit. Ein Jahr hielt unsere Beziehung.
Dann endete alles in einem Drama.
Eines Tages kam er nicht nach Hause. Ich frage ihn am nächsten Morgen:
»Wo warst du?«

»Ich habe keine Luft mehr, ich liebe dich, aber ich kann nicht mehr atmen. Du nimmst mir meine ganze Luft weg«, entgegnete er.
Ich war geschockt, verletzt und verzweifelt.
»Soll ich gehen?«, fragte ich ihn.
Er schaute mich an und die Träne liefen über sein Gesicht. »Soll ich gehen? Sag es! Soll ich gehen?«, wiederholte ich laut. »Sag es! Soll ich gehen?« Ich wurde noch lauter.
Er nickte.

Mir wurde schwarz vor Augen und ich versuchte, meine Tränen zurückzuhalten. Dann setzte ich mich mit dem Rücken zu ihm auf das Bett und fing an zu weinen. Und wie! Ich dachte nur, ich würde nie wieder etwas anders als Salz schmecken. Sergej schloss mich fest in die Arme.

Er weinte auch. Wir küssten uns und hatten Sex in dieser Nacht. Keiner von uns sagt etwas, kein einziges Wort fiel. Wir schmeckten nur Salz und Trauer!
Am nächsten Tag war ich weg.

Vorhin noch sprang sehr hoch und konnte die Sonne berühren. Ich konnte auf den Wolken schlafen und mit dem Mond Walzer tanzen. Dann fiel ich tief in den Abgrund. So hoch wie ich geflogen bin, genau so tief bin ich gefallen! Ich war verletzt und verloren. Ich wollte nicht mehr leben, mein Herz wurde aus meiner Brust herausgerissen. Das Ganze hatte ein leeres schwarzes Loch in mir hinterlassen.

Mein Puzzle war noch nicht ganz komplett, irgendwas stimmte immer noch nicht. Das wusste ich.

Das Bild hatte noch kein Gesicht.
Schritt für Schritt verließ ich mich komplett mein Glück. Er ging und ließ mich allein im Dunkeln zurück. Ich verlor meinen Arbeits-platz. Ich hörte auf zu essen und blieb den ganzen Tag im Bett liegen. Ich verlor meine Kräfte und die Lust zu leben. Mein Glanz war zu Staub geworden ...

Dann kam endlich das letzte fehlende Puzzleteil, sodass mein Bild komplett wurde. Und es bekam ein hässliches Gesicht!

Drei Tage nach dem Verlust meines Jobs klingelte es bei uns an der Tür. Ich hörte, wie meine Schwester sagte: »Angelique, besuch für dich!« Ich ging zur Tür und sah Vesta auf den Treppen stehen. »Hi, komm rein«, sagte ich.
Sie blieb in der Tür stehen.

»Ne danke. Ich wollte nur kurz vorbeischauen. Du siehst schrecklich aus!«, sagte sie ohne Emotionen.

»Ich fühle mich auch so, du weißt warum«, entgegnete ich leise. »Ich möchte dir etwas mitteilen.«

Sie schaute mir nicht in die Augen. Stille. Und dann sagt sie: »Seitdem ihr euch getrennt hatten, Baks und du ...« Wieder Stille.

»... bin ich mit Baks nach eurer Trennung zusammengekommen. Wir haben die gleichen

Interessen und so weiter ...« Ich starrte sie an. Mein Blick war verschwommen und leer.

Ich hielt mich in der Tür fest und hörte mich sagen: »Meine Glückwünsche, das sind doch wunderbare Neuigkeiten. Ich freue mich für euch. Bis dann.«

Ich schloss die Tür und blieb stehen. Ich spürte einen extremen Druck in meiner Brust, wie ein schwerer Stein, der mich herunterzog. Ich versuchte zu atmen, aber irgendwas hinderte mich. Ich bekam keine Luft. Mir wurde schwarz vor Augen.
Ich bleibe zuerst einfach vor der Tür stehen und hielt mich an der Wand fest.
Meine Schwester kam aus dem Zimmer nebenan und schaute mich an.

Ich hörte, wie sie mich laut fragte: »Angelique, Angelique! Was ist passiert? Du bist ganz blass, sag was! Sag doch was ...
Komm schon, was ist denn los?«

Ich schaute kurz sie an.

»Vesta und Igel sind ein Paar«, sagte ich mit ruhiger Stimme und ging davon.

»Oh mein Gott! So eine Schlampe! Warte doch!«, rief meine Schwester und rannte mir hinterher. Ich drehte mich um und sagte mit bestimmter Stimme: »NICHT JETZT!«

Fünf Minuten später ...
Ich ging ins Badezimmer mit einem Seil in der Hand. Ich schloss die Tür und setzte mich auf die Kante der Badewanne. Alles drehte sich um mich herum. Ich wollte nur eins, meine Augen schließen und sie nie wieder aufmachen! Mein Glück, meine Freundin. Alles wurde mir genommen. Und nichts davon ist übriggeblieben.

Ich schaute kurz nach oben und versuchte, mein Seil festzumachen. Dann legte ich das andere Ende um meinen Hals. Minuten vergingen. Und ich tat nichts. Irgendwas in mir schrie noch nach Glück. Ich hatte mich selbst gerettet.

Ich ging wieder in mein Zimmer und schrieb einen Brief an Igel (ёжик). Ich hatte nicht vor, ihn abzuschicken, und legte ihn in eine kleine Box. Dann legte ich mich ins Bett und schlief zwei Tage lang.

HOCHZEIT

Unsere Hochzeit war sehr schlicht, alles wurde in Weiß gehalten. Der Professor hatte einen weißen Smoking an. Ein schmal geschnittenes Sakko, dazu eine passende Anzughose von Club of Gents mit den gleichen glänzenden seitlichen Streifen wie das Revers. Das weiße Hemd war von Jacques Britt mit Kentkragen und verdeckter Knopfleiste. Die Manschette zierte ein schicker roter Manschettenknopf.
Der Professor sah aus wie Jay Gatsby, eine faszinierende Mischung aus Eleganz und Lässigkeit.

Ich trug ein weißes Brautkleid. Es war ein umwerfend schönes Kleid. Fließender, weißer Seidensatin, der sich um meinen Körper schmiegte. Auf meinem Kopf thronte ein üppiger Schleier. Das Kleid war schlicht, mit zwei Trägerchen, tailliert und mit einem ausladenden Rock – ohne viel Tamtam.

Ich hielt mich an meinem Schwager fest. Er sollte mich meinem zukünftigen Mann übergeben. Ich sah Professor Doktor AJR und blieb wie angewurzelt stehen. Ich schaute ihn an und mein Herz schlug wie verrückt, mein Puls raste. Vor Aufregung vibrierte mein gesamter Körper und ich hielt meinen Atem an.

War ich etwa ins Koma gefallen und in einem Traum gelandet?
War das real? Tausende Gedanken rasten durch meinen Kopf. Ich verlor vor lauter Aufregung beinahe mein Bewusstsein. Dann hörte ich eine flüsternde Stimme und eine Hand fasste meinen Arm: »Angelique atme!« Ich drehte meinen Kopf und sah, wie mein Schwager versuchte, zu mir durchzudringen. Ich hörte nichts, ich sah nur, dass seine Lippen sich bewegten.

»Ich bin da«, konnte ich gerade so aus mir herausbekommen. Vergeblich versuchte ich, mich in den Griff zu bekommen.
Ich setzte Schritt für Schritt und schaute immer noch meinen Professor an. Ich glaubte immer noch nicht, dass ich mein Glück heiratete.

MEIN LÖWE, MEIN KÖNIG, MEIN LEBEN,
MEIN PROFESSOR, MEIN DOKTOR.
Magie ... Alles ist wunderschön! Ich reise ins
Wunderland und mich begleitet das Glück für
immer und ewig.

Alles war wie verzaubert. Wir tanzen unseren
Tanz, ganz dicht aneinandergeschmiegt, so wie
früher.

Unsere Speisekarte war durchaus einfach,
aber genau nach unserem Geschmack.
Aperitif: Champagner mit Erdbeeren auf Eis.
Roter und schwarzer Kaviar sowie Krebs-
fleisch.
Hauptgericht:
Das ganze Essen bestand aus Kleinigkeit ...
Vieles verschiedene Dinge: gebackener Kürbis,
frittierte Sardellen, Capriccio und so weiter.

Das kam daher, dass mein Professor im
Restaurant stets verschiedene Gerichte bestellt
und mit Kollegen geteilt hat ...

Wir luden nur unsere Familien und engere Freunde ein. Die Feier war generell sehr familiär.

Wir aßen, wir tanzten und lachten miteinander. Ich spürte, wie die Liebe und das Glück mit uns feierten!
Als es abends wieder ans Tanzen ging, verschwanden wir kurz. Wir entdeckten eine Bank, die etwas abseits stand. Ich setzte mich auf die Lehne, schlang ein Bein um Professors Hüfte und zog ihn zu mir. »Das können wir nicht machen«, sagte er schmunzelnd.
»Vertrau mir«, sagte ich leise. Es war zwar stockdunkel, trotzdem konnten wir die Stimmen von Spaziergängern hören. Aber das war uns egal.
Wir waren eins!

HAUS

Ich bin in unserem Haus. Auf der unteren Etage befindet sich eine große Küche mit Verbindung zur Terrasse und Blick auf den Garten.
Garten – na ja, vielmehr ist es eine Rasenfläche mit ein paar Pflanzen – Tulpen und Rosen.
Die Tulpen hatten wir für mich gepflanzt.
Ich liebe Tulpen, genauer gesagt weiße Tulpen.

Tulpen stehen für tiefe Zuneigung und Liebe.
Sie haben Charakter, tragen Grazie und Emotionen sowie Verbundenheit im Vordergrund.
Weiße Tulpen stehen für endlose Liebe.
Die Rosen hatten wir für den Professor gepflanzt.

Laut einem griechischen Mythos ist die weiße Rose der Vorgänger der roten Rose. Im Wald begegnete Adonis, Gott der Schönheit, auf der Jagd einem wilden Eber, der ihn gefährlich verletzte.

Als Aphrodite, die Göttin der Liebe und Lust, vom Unglück ihres heimlichen Geliebten erfuhr, war sie außer sich. So eilte sie ihm im Wald zu Hilfe und riss sich in der Hast an einem dornigen Rosenbusch die Haut auf. Das Blut ihrer Wunde bespritzte die Blüten der weißen Rosen des Waldes, woraufhin sie sich rot färbten. Die Rose, ein Symbol der Göttin Aphrodite.

Die weiße Rose steht für die Unschuld, Reinheit und Entsagung. Außerdem symbolisiert sie die ewige Treue und ist damit ein Symbol der langjährigen und andauernden Liebe, die auch Aphrodite mit ihrem Ehemann Hephaistos führte.

Im Gegensatz dazu repräsentieren die roten, »befleckten« Rosen laut dem Mythos den leidenschaftlichen, eher körperlichen Teil der Liebe.

Weiße und rote Rosen in unserem Garten zeigen unsere Leidenschaft, Liebe und Lust zueinander …

Die Terrasse umrahmt das komplette Haus.
Man kann von der Küche und auch vom
Wohnzimmer aus die Terrasse betreten.

Das ist wunderschön ... auf der Terrasse
befindet sich unser Lieblingsplatz, unsere
Schaukel ... ein altes Modell. Sie steht dort
windgeschützt und deshalb kann man fast
immer dort sitzen.

Nach einem langen Arbeitstag ist das ein ruhi-
ges und schönes Plätzchen. Wir lieben es, dort
zu sitzen oder zu liegen – mit einem Glas Wein
oder einfach am späten Nachmittag, wenn die
Sonne langsam untergeht. Ich liebe den Spät-
sommer, wo nicht mehr zu heiß ist, sondern
angenehm frisch. Der Sonne beim Untergehen
zuzusehen und zu hören, wie der Professor mir
von seinem Tag erzählt, ich liebe es. Das ist
ein ganz besonderer Platz. Ich sitze meist links
vom Professor und meine Beine liegen auf den
seinen, mein Kopf auf seiner Brust. Ich
genieße seine Nähe.

Nicht nur sein Aussehen und seine unglaub-
liche Stimme machen ihn für mich so anzie-
hend. Meiner Meinung nach geht Liebe vor
allem durch die Nase. So wie bei Tieren. Der
Duft des anderen ist entscheidend, der Geruch
beeinflusst uns unbewusst. Es gibt zwei
Bereiche im Gehirn, die Emotionen und
Erinnerungen steuern.
Sein Geruch hat eine große Rolle bei meiner
Wahl für ihn gespielt.

Die untere Etage wird von so viel Tageslicht
durchflutet, dass ich ab und zu meine Augen
zusammenkneifen muss.
Die äußerst moderne Einrichtung und der rie-
sige offene Raum verleihen dem Haus eine
außerweltliche Atmosphäre.
Alles ist ziemlich hell dekoriert, nur die Ess-
zimmermöbel sind aus dunklem Echtholz. Das
trifft den Geschmack von meinem Professor.
Sein Geschmack ist wunderbar – so klassisch,
korrekt, ohne »Schnick Schnack«, keine extra-
vaganten Sachen. Ich mag es klassisch und
trotzdem modern. Unsere Geschmäcker
passen gut zueinander. Das Wohnzimmer ist

weiß gemalt mit einer Wand in einem dunklen Blau. An dieser Wand hängt ein Gemälde von Gustav Klimt: »GOLDENE TRÄNEN«. Es zeigt das halbe Gesicht einer Frau, aus deren geschlossenen Augen eine goldene Träne fällt. Das Bild zeigt Stimmung, Leidenschaft, Erinnerungen und Träume.
Das Gemälde passt perfekt ins Wohnzimmer und das Farbenspiel von Blau und Gold, ergibt ein unbeschreibliches Gefühl, ein Spiel aus Licht und Schatten voller Stimmung und Intimität. Die goldenen Tränen zeigen, dass die Frau von Liebe und Glück begleitet wird.

In Wohnzimmer steht eine Sofa-Kombination, bestehend aus einem Dreier- und einem Zweier-Sofa sowie einem Sessel. Dies ergibt ein sehr schönes Bild für den Raum. Die Couchgarnitur ist weiß, die darauf befindlichen Deko-Kissen sind aus weißem Stoff und mit einem goldenen Rand bestickt. Auf dem Fußboden vor dem Sofa liegt ein dunkelblauer Teppich. Die Fenster sind mit Gardinen ausgestattet, der Stoff ist weiß aus Samt, fällt sehr schwer nach unten und verteilt sich auf dem

Fußboden. Am Sofa steht ein dreieckiger Tisch aus weißen Marmor. Auf diesem steht stets eine kleine Vase mit frischen weißen Tulpen. Im Raum steht außerdem noch eine Kommode passend zum Tisch, auf der Kommode steht eine Skulptur von Peter Hohberger mit dem Titel »LIEBESPAAR« (1982) aus Kunstbronze. Ein ganz in die eigene Gefühlswelt eintauchendes erotisch dargestelltes Paar taucht aus dem Stein auf. Zu sehen ist der Rücken des Mannes sowie die Beine und Arme der Frau. Die Darstellung ist grandios, wenn man die Skulptur sieht, bleibt man erstaunt stehen und spürt die ganze Kraft von Lust, Erotik und pure Liebe, die von ihr ausgeht, sowie die innige Verbindung des Liebespaares.
Sie war mein Hochzeitsgeschenk für den Professor. Ich glaube, er war überrascht und überwältigt, die Skulptur wirkt sehr männlich.

Die schönste Zeit zu zweit beginnt nach dem Essen. Wir setzen uns auf das Sofa oder draußen auf die Schaukel.
Ich kuschele mich an meinen Professor und er liest mir dann etwas vor, meistens Kriminal-

romane. Seine Stimme ist ruhig, entspannt und voller Kraft. Wenn der Professor beginnt zu lesen, dann schalte ich komplett ab und tauche in die Geschichte ein. Ich liebe es einfach, ihm zuzuhören. Seine Stimme lässt mich alles um mich herum vergessen und ich bin einfach nur da!
Der gesamte erste Stock ist mit großen Fenstern umgeben. Durch das hereinkommende Sonnenlicht ist es dort immer hell. Das wirkt bezaubernd. Ich, nein wir, lieben unser Haus!

Ich gehe zu Tür und beginne mein Morgenritual.

Joggen gehörte schon immer zu meinem Leben. Meine Strecke im Wald und um den See dauert etwa 50 Minuten. Ich jogge sehr gerne. Frühmorgens in der Natur zu sein, verleiht mir Freiheit, Freude und innere Ruhe. Ich liebe die Kombination von Erde und Wasser. Mit dem Wald verbindet mich etwas.

1991

Ich wohnte damals bei meiner Mutter außerhalb von Sankt Petersburg. Bergardowka hieß der Ort. Ich hatte Streit mit meiner Schwester und deshalb wohnte ich bei meiner Mutter und meinem Stiefvater. Mein Ausbildungsplatz befand sich in Sankt Petersburg.

Jeden Morgen nahm ich den Zug in die Stadt, dann ging es mit der Metro weiter. Das Ganze dauerte etwa 2,5 Stunden hin und wieder zurück. An diesem Tag wollte ich mich nach dem Unterricht mit Freunden treffen und gemeinsam mit ihnen feiern gehen. Meine Mutter sagte mir, dass ich noch bitte Brot mitbringen solle.

Der Tag war schön und ich war gut drauf.
Alles verlief gut, ich würde es pünktlich zu meinem Zug schaffen. Zumindest dachte ich das. Jedenfalls saß ich in einem Zug und fuhr, ich hatte mir keine weiteren Gedanken gemacht.

Später stellte ich fest, dass ich im falschen Zug saß. Mir gegenüber saß ein junger Mann, 22 Jahre alt, 1,76 m groß und gut gebaut. Er hatte eine blonde Kurzhaarfrisur und war sehr attraktiv. Die ganze Fahrt über beobachtete er mich. Ich habe versucht, ihm nicht zu viel Aufmerksamkeit zu schenken, weil er viel zu alt für mich war. Nach 40 Minuten Fahrt stieg Panik in mir auf, weil ich bemerkte, dass ich im falschen Zug saß.

Oh Gott, dachte ich. Es war noch mitten in der Nacht. Der junge Mann schaute mich an und fragte: »Was ist denn los, Mädchen?«
Man sah mir meine Panik scheinbar an. Ich fragte ihn, wohin der Zug fahren würde.

»SSosnovo, wo musst du hin?«, fragte er. »Oh mein Gott, ich bin im falschen Zug ... Das ist ja die ganz falsche Richtung!«, sagte ich leise.
»Heute fährt kein Zug mehr, der nächste Zug in die Stadt fährt wieder morgen um 5 früh«, sagte er ganz entspannt und selbstsicher.
»Was soll ich jetzt machen?«, murmelte ich leise vor mich hin.

Er blickte mich an, dann sagte er mir mit ruhiger Stimme: »Komm einfach zu mir. Keine Angst, ich tue dir nichts, du kannst bei mir übernachten und danach bringe ich dich zum Zug am früh morgen! Oder du bleibst im Wald ganz alleine! Deine Entscheidung!«

Mir gefiel das alles nicht, aber bei der Vorstellung allein im Wald zu sein bekam ich Angst. Mir blieb also nichts anderes, als ihn zu begleiten. Wir stiegen aus dem Zug aus und gingen zu ihm, ich wusste aber nicht, wie weit das ist.

Sascha war sein Name. Wir gingen durch einen Wald, danach vorbei an einem Friedhof und wieder durch den Wald.
Panik macht sich in mir bereit und ich fing an zu zittern. Meine Gedanken rasten durch meinen Kopf, wenn ich zurückmüsste, würde ich niemals den richtigen Weg finden.
Ich versuchte, nicht zu weinen. Ich war noch ein Mädchen, mit Männern war ich noch nie intim geworden. Geküsst hatte ich nur. Ich wollte natürlich nicht auf diese eise meine Unschuld verlieren. Ich konzentrierte mich

darauf, positiv zu denken, und unterhielt mich mit Sascha. Ungefähr nach einer Stunde sind wir in einem komischen Ort angekommen, es war eine Kaserne ...

Meine Kehle war wie zugeschnürt und ich bekam einen trockenen Mund. Ich war gelähmt von Angst und überlegte fieberhaft nach einem Ausweg.

Das war das Schlimmste, was mir passieren konnte, schrie mein Unterbewusstsein.

Das hieß, wenn ich nicht bis zum Tode vergewaltigt werden würde und vielleicht noch zerstückelt ... Ich hatte bereits Kopfkino! Ich blieb kurz stehen und schaute Sascha an. Sascha sah mich an, dann sagte er mit ruhiger Stimme: »Keine Angst, ich habe ein Zimmer nur für mich alleine.«

Wir betraten das Zimmer. Sascha machte das Licht an. Ein Adrenalinstoß fuhr durch meinen Körper, dass meine Fingerspitzen zu kitzeln begannen. Plötzlich konnte ich nur noch denken, du musst von hier verschwinden, sofort!

Ich blickte um mich rum. Mein letztes Stünd-
lein hatte geschlagen, ich sah keinen Ausweg
mehr.

Ich wollte mich schon umdrehen und weg-
laufen, aber Sascha sagte: »Beruhig dich! Ich
fasse dich nicht an«, dabei macht er die Tür
zu. »Das sind nur Bilder, nichts weiter, du bist
doch kein kleines Kind mehr!«
Was ich sah, schnürte mir die Luft ab, das
Zimmer war komplett mit Pornobildern tape-
ziert. Frauen mit gespreizten Beinen. Vagina
und Penis in Übergröße. Verschiedene Sexstel-
lungen.
Mir lief es heiß und kalt den Rücken hinunter.
Mein Gesicht wurde kreidebleich von Angst.
Mir wurde schlecht und ich rannte aufs Klo,
um mich zu übergeben! Todesangst beschlich
mich. Ich versuchte, meine Angst in den Griff
zu bekommen!

»Alles in Ordnung?«, hörte ich die besorgte
Stimme von Sascha. »Ja, danke«, antwortete
ich mit zittriger Stimme. Ich kam aus der Toilette heraus.

»Du bist sehr blass, ist wirklich alles gut bei dir?«, fragte er besorgt.

»Ja«, antwortete ich knapp.
»Du kannst dich in Ruhe ausziehen und ins Bett legen, du bist bestimmt müde. So wie du aussiehst!«, sagte Sascha und wies auf das Bett. Ich hörte nur: AUSZIEHEN!! »NE DANKE ...«, denke ich. Das mach ich nicht freiwillig!
In diesem Moment kam ich wieder zu Verstand und wusste nur eins, ich musste weg!
Ich konzentrierte mich nur auf eins: die Tür!
Ein kleiner Smalltalk, dann legte ich mich ins Bett! Natürlich voll angezogen, nur meine Schuhe habe ich ausgezogen. Die Schuhe habe ich so hingestellt, dass ich sie gleich bei Hand haben würde.
Meine Tüte mit Brot und meinen Geldbeutel hatte ich unter mein Kissen gelegt.

Das Licht ging aus. Dann begann das Theater, so wie ich es mir schon hatte denken können!
Sascha kam gleich nach paar Minuten zu mir ins Bett. »Mir ist kalt«, sagte er und legte sich zu mir ins Bett. Bla Bla ... Er wollte etwas ganz

anderes. »Ich lege nur meinen Arm um dich«, hörte ich ihn sagen.

Nicht mal eine Minute war vergangen, da spürte ich etwas Hartes. Mei Herz schlug wie verrückt und ich schubste ihn mit ganzer Kraft von der Bettkante herunter ... Er fiel runter und stieß sich den Kopf.

Ich schnappte meine Schuhe und Tüte mit dem Brot und rannte zu Tür! Als ich es gerade geschafft hatte, aus der Tür zu rennen, hörte ich ein lautes Brüllen hinter mir. Barfuß rannte ich. Weiter, immer weiter. Mein Puls raste und ich zitterte an meinem ganzen Körper.
Ich lief so schnell, wie ich konnte.
Als ich erschöpft auf den Boden fiel, war ich von allen Seiten von Wald umgeben. Stundenlang suchte ich im Wald den richtigen Weg, aber ich war verloren, dann ließ ich mich schließlich an einem Baum nieder. Meine Füße waren blutig, aber das war besser, als dort zu bleiben. Ich beruhigte mich und zog meine Schuhe an. Ich wusste nicht, wo ich war.

Es war noch dunkel und der Mond warf seinen vollen Schein herunter, die Luft war sehr kalt. Ich sah zum Himmel, der Mond gab mir Licht und ich bedankte mich bei Gott, dass er mich gerettet hatte!

So ging ich durch den Wald, ohne zu wissen, wie ich mein Ziel erreichen konnte.
Plötzlich sah ich weit vor mir ein Tier, zuerst dachte ich, es sei ein Wolf.
Es war sehr groß und sein Fell war hellgrau.
Ich war, überzeugt dass es ein Wolf sei.
»Hi«, sagte ich.

»Was machst du denn hier ganz alleine? Schön dich zu sehen. Hast du Hunger? Vielleicht habe ich ja etwas für dich dabei«, sprach ich mit dem Wolf. Meine Freude, dass ich nicht alleine war, konnte ich nicht beschreiben.
Ich war so glücklich und erleichtert, das ich erneut anfing zu weinen, aber diesmal vor Freude. Mein Freund traut sich, etwas näher an mich heranzutreten und nahm mein Brot. Das Brot haben wir zusammen verspeist. Ich streichelte und küsste ihn.

»Mein Freund«, sagte ich zu ihm.

»Jetzt brauche ich deine Hilfe, bitte zeig mir einen Weg, wie ich zum Bahnhof komme ... », bat ich ihn.

Und so haben wir unsere Reise begonnen. Mein Freund lief immer vor mir und ich hinterher, ab und zu wartete er kurz auf mich. Ich traute meine Augen nicht, als ich ein Dorf sah und eine männliche Stimme hörte: »Duch (übersetzt heißt das Seele), wo warst du denn, ich habe dich schon gesucht? Und wer bist du? Was machst du hier alleine im Wald, Mädchen?«
Duch ging kurz zu mir und dann zu seinem Herrchen. »Ich habe mich verlaufen.« Ich brach in Tränen aus, weinte und weinte und erzählte meine Geschichte.

Der alte Mann nahm mich in den Arm, legte mir eine Jacke über meine Schulter und fragte, wo ich denn hinmüsse. Und so kam ich wieder nach Hause zu meiner Mutter.

Mein Freund Duch hat mich gerettet. Er war kein Wolf, es war ein Tamaskan, eine Hunderasse, erzählte mir der alte Mann. Diese Hunderassen sehen wie Wölfe aus.

Eine alte Seele war er, dachte ich. Der Friedhof war in der Nähe. Der alte Mann erzählte mir, dass eines Tages Duch zu ihm kam, und von da an seien Hunde seine Begleiter und besten Freunde gewesen. Er war wohl eine verlorene Seele, die keinen Weg in den Himmel findet, konnte und auf der Erde weiter als Tier leben musste, denke ich!

Meine Oma hat mir erzählt, wenn Menschen zu schnell sterben, bekommen sie keine Ruhe und können nicht in den Himmel. Die haben noch was zu erledigen auf der Erde. Deswegen lebt die Seele in einem Tier weiter.
Das war mein Erlebnis von Wald und Schatten.

MEIN MANN, DER PROFESSOR!

Mein Leben hat einen Sinn, weil ich meinen Professor habe. Der gibt mir alles, was ich in meinem Leben brauche: Glück und Liebe, Begehren und Leidenschaft, Respekt und Vertrauen, Wärme und Kraft, Selbstbewusstsein und Sicherheit.
Er gibt mir immer das Gefühl, dass ich seine Königin bin. Was wichtig ist: Mein Mann hört mir immer zu. Später weiß er jedes Details von meinen Erzählungen.

Der Professor ist ein sehr geduldiger Mensch und besitzt sehr viel Verständnis. Sein Stolz steht ihm ab und zu im Weg, aber seine Gelassenheit es am Ende ins Gleichgewicht.
Seine Argumentation hat immer mit Fakten zu tun.
Seine Fragen stellt er stets bewusst.

Er schätzt die Meinung der anderen.
Privat und auch bei der Arbeit.
Wir unterhalten uns sehr lange und diskutieren viele Sachen miteinander.

Am Ende sind wir immer einer Meinung. Wir ergänzen uns. Ich bin ein sehr impulsiver Mensch und entscheide aus dem Bauch heraus. Der Professor ist dagegen ein Kopfmensch und braucht Zeit, alles zu überlegen und abwägen zu können. Ich schätze seine Meinung und er hat fast immer recht. Außer einmal ...

ENTSCHEIDUNG

Ich war wie gewöhnlich auf Arbeit. Der Professor hat sich eine Woche nicht gemeldet, ich hatte mich schon daran angewöhnt, dass wir uns zuerst nur selten sahen.

Schreiben war auch nicht seine Stärke. Ich war oben und beschäftigte mich gerade mit Wein. Dann hörte ich, wie jemand die Treppe hochkam.

»Hallo Angelique«, hörte ich Damons Stimme.

»Hi, Damon, schön dich wiederzusehen. Du siehst gut aus! Bist du bei uns zum Essen?«, fragte ich mit einem Lächeln. »Bist aber früh dran, jetzt ist es gerade erst 17:30 Uhr!«, sagte ich spöttisch.

»Ja, für heute Abend haben wir einen Tisch reserviert, aber um 19 Uhr. Ich habe nur kurz vorbeigeschaut, wollte dich begrüßen. Du siehst so hübsch aus!«, sagte Damon und blickte mir in die Augen.

»Danke Damon. Wie geht's dir?«, fragte ich. »Na ja nicht so gut, mein Freund ist vor kurzem gestorben, an einer Krebserkrankung«, sagte

Damon mit trauriger Stimme und ziemlich leise.

»Oh Gott, tut mir sehr leid für dich ...« Ich war geschockt. Ich war nicht vorbereitet auf so eine Antwort. Er redete weiter:

»Und dann verlässt uns auch noch Alexander! Hat ein super Angebot bekommen und geht nach Kiel zurück. Ich bin deswegen auch sehr traurig, aber für ihn ist das perfekt. So ein Angebot kann man nicht abschlagen, der geht in seine Heimat zu seiner Frau und zu seinen Kindern. Er und seine Familie sind richtig glücklich!«

Etwas in mir zerriss. Ich spürte Wut und Feuer durch meine Arden lodern. Mir blieb die Luft weg, mein Herz schlug so schnell, ich hörte nur: Er verlässt uns ... Geht zu seiner Familie zurück ... Meine Kehle war wie zugeschnürt, dass ich kaum Luft bekam.

»Angelique, hörst du mir noch zu?«, hörte ich wie Damon seine Frage wiederholte, und ich konnte nur nicken.

Mit einem letzten Rest Selbstbeherrschung versuchte ich, zurück ins Gespräch zu finden. Kurz danach sagte Dämon: »Nicht schlimm, ich muss sowieso los, wir sehen uns später ... Ich freue mich riesig, dass du da bist!« Und weg war er. Ich setzte mich kurz auf den Stuhl. Oh mein Gott, der Professor geht für immer weg. Die Zeit stand still. Natürlich! Warum habe ich es nicht begriffen? Jetzt ergab alles einen Sinn.

Mir wurde alles klar, warum der Professor bei unserem letzten Treffen so zurückhaltend gewesen war. Er wusste da schon Bescheid.
Ich konnte das fühlen, dass es mit »uns« vorbeigehen würde. Er hatte mir nicht sagen können, was los war.
Ich war nicht wichtig, alles anders war wichtiger!
Ich griff nach meinem Handy und schrieb eine kurze Nachricht an meinen Professor: »Herzlichen Glückwunsch zum neuen Job, Professor!«

Ich stand nicht mehr in der Sonne. Ich spürte, wie die Träne über mein Gesicht liefen. Oh mein Gott. Was sollte ich tun?

Ich musste noch irgendwie meine Schicht beenden.
Das war ein Traum und ich konnte ihn noch berühren, aber nicht mehr leben!
Er gehörte nun mal nicht mir. Das war nur ein Traum! Der Professor war ein Traum ...

Ich spürte, wie schwer mein Herz wurde, wie meine Beine versagten, mein Atem wurde schneller und schneller. »Reiß dich zusammen«, hörte ich eine Stimme in mir sagen ... »Sei stark, verliere deine Würde nicht!«

Eine Stunde später ...
Ich kam herunter und sah den Professor und Damon am Tisch sitzen.

Mein Herz schlug wie verrückt, ich war unfähig, einen klaren Gedanken zu fassen. Ich ging zum Tisch und begrüßte die beiden: »Schön euch zu sehen! Was für eine Ehre, Professor«, sagte ich mit erhobener Stimme und lächelte den Professor an. »Meine Glückwünsche!«, fügte ich hinzu und blickte dem Professor in die Augen.

Der Abend verging ziemlich schnell und ich ließ nicht zu, dass man mir ansah, wie ich mich fühlte. Ich spielte eine Rolle und das gelang mir sehr gut. Ich unterhielt mich mit Gästen, lächelte viel und tat so, als ob ich Spaß hätte.

Der Professor kam zu mir hoch und blieb kurz stehen.

Schmunzelnd fragte er mich: »Soll ich dir helfen bei der Arbeit? Ich trage auch die Teller für dich herunter!«

Ich drehte mich um und sagte: »Professor! Nicht nötig, kann ich Ihnen helfen?«

Kurze Stille. »Sie wussten schon, dass Sie zurückgehen werden, bei unserem letzten Treffen, nicht wahr?«, fragte ich leise und versuchte, ruhig zu wirken.

»Ja, das stimmt! Lass mich dir alles bitte in Ruhe erklären«, sagte der Professor und schaute mich an. »Ja, verstehe«, sagte ich. »In Ruhe, nicht jetzt!«, sagte der Professor bestimmt.

»Ja, so machen wir das!«, antwortete ich und drehte mich wieder um.

Der Professor ging wieder die Treppe herunter zu seinem Tisch.

Ich wollte die Teller nehmen, aber ich konnte nicht. Ich zitterte an meinem ganzen Körper und hatte kaum Kontrolle über mich! Ich bekam keine Luft.

Ich rannte schnell zum Fenster und hielt kurz mein Gesicht nach draußen. Leichter Wind berührte mein Gesicht und ich versuchte, die Tränen wegzuwischen.

Tränen liefen mir über die Wangen.

Ich versuchte mit ganzer Kraft, mich zusammenzureißen. »Warum?«, wollte ich schreien. »Warum tust du mir so weh? Warum muss ich wieder durch die Hölle? Ich habe keine Kraft ... bitte hilf mir ...

Bitte ... bitte nimm mein Herz, ich möchte nicht mehr fühlen. Bitte nimm meine Erinnerung ... Ich möchte mich nicht mehr erinnern!«

Eine Minute später hörte ich ein Klingeln aus der Küche ... Ich wischte meine Tränen weg und ging nach unten.

Eine Stunde später kam der Professor wieder hoch und verabschiedete sich. Seine Hand lag auf meiner.

»Ich gehe jetzt«, sagte er leise.

»Auf Wiedersehen, Professor! Sie wissen, wo Sie mich finden«, sagte ich.

»Ja, das weiß ich. Ich melde mich nächste Woche bei dir. Bis dann.« »Ja, bis dann!«, sagte ich.

Das Glück verließ mich.

Vier Wochen sind vergangen und dann bekam ich eine Nachricht. »Guten Abend.« »Guten Abend Professor. Haben Sie sich vertippt? Oder schreiben Sie mir tatsächlich?«, schrieb ich zurück. »Wollen wir uns wieder treffen?«, fragte er. »Was wollen Sie, Professor? Wollen Sie mich sehen?«, schrieb ich. »Ja«, antwortete der Professor. Und so kam es zum Treffen.

Ich überlegte mir, ob ich absagen sollte. Das Treffen würde mir weh tun, das war mir bewusst. Der Professor würde mir erklären, dass er wieder zurück nach Kiel geht. Vielleicht wird er noch sagen, dass ihm das alles leidtut.

Was sollte ich bitte darauf antworten?

Mir würde das nur weh tun ... Aber ich könnte ihn ein letztes Mal berühren und küssen.
Ich entschied mich, ihn dennoch zu treffen!

Ich trug eine schwarze Lederhose im Five Pocket Style von J BRAND mit Kombination aus einer roten glänzenden Satinbluse von MARC CAIN. Das passte gut zusammen. Ich wollte am letzten Abend sexy aussehen. Ich glaube, das ist mir gut gelungen.
Ich schaute mich kurz im Spiegel an und ging los.

Mein Herz setzte für einen Schlag aus und ich hörte das Pochen des Blutes in meinen Ohren. Meine Knie drohten nachzugeben. Ich bekam einen trockenen Mund ...

»Beruhige dich!«, sagte die Stimme in meinem Kopf!

Die Tür stand offen. Ich schnappte noch einmal nach Luft und ging rein. In der Tür bleibe ich kurz stehen, der Professor kam auf mich zu und begrüßte mich so wie immer. Seine Lippen berührten meine Wange.

»Hallo Professor«, sagte ich leise. Ich sah sein schönes Gesicht und bekam ein Stechen im Herzen.

Ich stand immer noch in der Tür und konnte mich nicht rühren, ich hatte keine Kraft, mich zu bewegen! »Wein?«, fragte mich der Professor. »Nein, danke«, antwortete ich leise. Der Professor zog seine Augenbrauen hoch und schaute mich überrascht an. »Wirklich nicht? Was anderes?«

»Kaffee, wäre schön. Danke«, antwortete ich leise.

Ich setzte mich auf das Sofa. Ich beobachtete ihn, wie er die Kaffeemaschine anmachte, um für mich einen Kaffee zu machen. Der Professor kam mit einer Tasse Kaffee und stellte die Tasse auf den Tisch. Ich nahm sie in die Hand. Der Professor schaute mich an und fragte: »Alles in Ordnung bei dir?«

Ich wollte gerne sagen: NEIN, NATÜRLICH NICHT. DU HAST DICH NICHT FÜR MICH ENTSCHIEDEN.
DU VERLÄSST MICH UND LÄSST MICH ALLEINE!! ICH LIEBE DICH.
ICH MÖCHTE NICHT MEHR LEBEN OHNE DICH.
Aber ich blieb still und nickte!

Der Professor erzählte mir, wie es zum Angebot gekommen war, und dass er das nicht gewollt habe, dass es so mit uns komme.

»Ich habe eine Familie und Kiel ist meine Heimat!«, sagte er und schaute mich an.
Ich war den Tränen nah ...
Ich stellte meine Tasse auf den Tisch und ging um den Tisch herum. Der Professor schaute mich an, ich berührte sein Gesicht und küsste

ihn. Ich küsste seine Augen, seine Wangen und seinen Mund ... Dann nahm ich seine Hand, drehte ihn um und küsste ihn.

Dann drehte ich mich um und ging zur Tür.

»Willst du gehen?« Ich drehte mich um und schaute ihn an.

Unsere Blicke trafen sich.

Meine Schläfen pochten ... ich begann leicht zu zittern. »Professor, sagen Sie, was wollen Sie?«, fragte ich mit zittriger Stimme.

Der Professor sagt nichts.

Ich drehte mich und wollte schon rauslaufen, dann hörte ich, wie der Professor leise sagte: »Bleib, bitte.«

Ich blieb stehen.

Der Professor stellte sein Glas auf den Couchtisch.

Er stand auf und ging zu mir, dann nahm er meine Hände in seine. »BLEIB«, sagte er. Er griff nach meinen Unterarmen und sah mich an.

»Bitte geh nicht«, sagte er und küsste mich auf den Mund. Tränen liefen aus meinen Augen ...

Ich spürte seine Zunge in meinem Mund und seine Hände in meinem Haar.

In meinem Bauch pochte es, ein heißes Kribbeln schoss durch meinen Körper.

Er knöpfte meine Bluse auf, küsste meinen Hals und meine Brust. Dann hob er mich hoch, und trug mich ins Bett. Wir haben in der Nacht so ziemlich alles gemacht, was zwei erregten Menschen einfallen kann. Das war unsere erste Nacht und unser erstes Mal im Bett. Wir kamen nicht zum Schlaf und der Professor sah müde aus, es war schon 4 Uhr früh.

»Ich würde jetzt gehen und Sie sollten schlafen«, sagte ich und küsste ihn.

Ich stand auf und zog meine Sachen an, der Professor schaute zu. Dann flüsterte ich:

»Ich liebe Sie Professor Doktor AJR. Sie sind mein Leben. Ich habe Sie mein Leben lang gesucht und gefunden. Ich würde auf Sie warten!« Der Professor wollte etwas sagen, aber ich legte meinen Finger auf seine Lippen. »Bitte nicht ...«

Ich verließ seine Wohnung.

Ich weinte nicht mehr, ich konnte nicht. Ich war an Leib und Seele krank. Das Gefühl kannte ich schon ... Mir würde wieder alles genommen. Das Glück hatte mich verlassen.

ICH STEHE WIEDER IN DER SONNE

Die Tage vergingen und aus Tagen wurden Monate ...

Jede Minute dachte ich an den Professor, mit jedem Tag wurde mir bewusster, dass er nie wieder kommen würde.

Ich hatte einen Traum gelebt und wurde plötzlich wach und konnte nicht verstehen, was Realität und was Traum gewesen war.

Und dann passiert etwas, an das ich nicht im Leben geglaubt habe!

Fast ein halbes Jahr verging. Noch immer war mein Herz schwer vor Sehnsucht, wann immer ich an den Professor dachte, und ich dachte ständig an ihn. So ist das mit der Liebe. Sie kennt keine Zeit.

Ich blickte aus dem Fenster. Die Sonne begrüßte mich kurz mit leichten Strahlen.

Ich zog meine Jogging-Sachen an und ging laufen ...

Ich joggte eine Runde. Jedes Mal, wenn meine Füße auf den Bürgersteig trafen, entspannten sich meine Muskeln. Ich fühle mich gewappnet für einen Tag.

Ich duschte und zog dann eine graue Jeans und einen schwarzen Kaschmirpullover von Gobi an. Das war eines von meinen ruhigen Outfits, aber heute wirkten die Sachen nicht beruhigend auf mich. Meine Kleider schienen mich zu beengen und ich fühlte mich unsicher darin. Meine Haare hatte ich zu einem unordentlichen Knoten zu gebunden. Als ich in den Spiegel blickte, verriet mir mein Blick, dass meiner Haut der Schlafmangel anzusehen war. Gegen die blasse Haut stachen die Sommersprossen, die ich von meiner Mutter geerbt hatte, heraus. Ich sah aus wie Schneewittchen, durch meine dunklen Haare und roten Lippen.

An meinem freien Tag half ich gerne meiner Freundin in einem Café aus.

Das Café war klein, aber sehr schön dekoriert und mit viel Leidenschaft gefüllt. Das Café sorgte mit seinen schicken Sofas, Bänken und

Tischen direkt für eine gemütliche Atmosphäre.
Bei gutem Wetter konnte man seinen Kaffee auch draußen genießen. Neben leckerem Kaffee bekam man hier auch noch jederzeit köstliche Kleinigkeiten und guten Kuchen. Zusätzlich gab es eine leckere Auswahl an Frühstück und Mittagessen.
Meine Freundin war gerade nicht da und ich übernahm kurz die Führung des Cafés.

Ich begrüßte die Gäste und servierte Frühstück.
Ich war gerade in der Küche und hörte, wie ein neuer Gast reinkam. Ich schaute zur Tür.
Oh mein Gott, dachte ich und hielt mich kurz fest am Tresen. Ich verlor wohl meinen Verstand gerade!

Der Professor stand in der in der Tür und starrte mir direkt ins Gesicht. Ich atmete tief durch, schloss die Augen und und hoffte, dass ich dadurch klarer sehen würde. Ich machte meine Augen auf und sah immer noch den Professor an der Tür stehen.

»Hallo«, sagte er. »Hallo Professor, was machen Sie hier?«, sagte ich mit zittriger Stimme. »Bekomme ich einen Kaffee?«, fragte er leise.

»Ja natürlich, bitte nehmen Sie Platz.« Ich stotterte vor Aufregung und zeigte auf einen Tisch am Fenster.

Tausend Frage rasten durch meinen Kopf: Was machte er hier ...?

Besuchte er vielleicht Damon ...?

Wo war seine Frau?

Mein Puls raste ...

»Bitte.« Ich stellte die Tasse Kaffee auf den Tisch. »Haben Sie noch ein Wunsch?«, fragte ich.

»Wie geht's dir?«, fragte er.

»Es geht mir gut, danke«, erwiderte ich zittrig und wollte gerade gehen. Ich spürte eine leichte Berührung, als die Hand des Professors nach meinem Arm fasste. »Du siehst blass aus«, bemerkte er mit sanfter Stimme. »Ich schlafe schlecht«, antwortete ich und wich seinem Blick aus. »Warum sind Sie hier, Professor?«, fragte ich direkt und schaute ihm dabei in die Augen. Stille umfasste den Raum. »Wegen dir. Ich musste immer zu an dich denken ...« Der Professor fuhr sich mit der Hand durchs Haar und schaute aus dem Fenster.

Mein Herzschlag war aus dem Takt geraten.

»Ich will dich, vergib mir!«, sagte er.

Ich schaute meinem Professor tief in die Augen, dann beugte ich mich zu ihm und küsste ihn.

»Ich dachte schon, ich hätte dich verloren«, murmelte er.
Ich nahm seine Hände und drückte sie auf meine Brust. »FÜHLST DU DAS? DAS BIST DU, IN MIR«, sagte ich. »DU HÄLTST MICH WIE EIN ANKER, OHNE DICH BIN ICH VER-LOREN«, sagte ich leise.

2017

Ich lief 5 Kilometer und nach 50 Minuten kam ich wieder zu Hause an. Ich hörte, wie das Wasser in der Dusche floss. Der Professor duschte sich. Ich rannte die Treppe hoch, unterwegs zog ich meine Sachen schnell aus, ich sah, wie mein Mann in der Dusche stand, mit dem Rücken zu mir. So ein stolzer Rücken, schöne Beine ...

Ich war wie immer überwältigt von der Attraktivität meines Mannes. Ich machte die Glastür auf und ging rein. Ich umarmte ihn von hinten und küsste seinen Rücken. »MEIN SCHATZ«, sagte mein Professor und drehte sich zu mir. Der Professor begann, mich zu küssen, und drückt mich immer fester zu sich, seine Hände berührten meinen Körper, seine Lippen küssten meinen Hals und dann meine Brüste und ich verlor kurz meinen Verstand! Ein Genuss seine Lippen auf meiner Haut zu spüren, ich war im Traum ... im Wunderland! Ich konnte kaum stehen, aber der Professor hielt mich fest. Ich spürte, wie er in mich reinkam, das ist so ein wahnsinnig schönes Gefühl, man denkt, man ist im Himmel ... Kurz vor Ende stoße ich ihn von mir ab und gebe ihm eine Sekunde ... Dann gehe ich auf die Knie, ich küsse und schmecke ihn. Der Professor schmeckt nussig und leicht süß, mit einer leichten Spur von Vanille. Das ist der Moment, wo ich die Kontrolle und Mach habe über meinen Mann, das genieße ich in vollen Zügen!

Ich liebe es, ihn danach anzusehen, die Züge in seinem Gesicht entspannen sich und sein Atem wird langsamer. Er küsst mich auf den Mund und ich berühre sein Gesicht und küsse ihn, ich küsse sein linkes Auge, ich küsse sein rechtes Auge.
Ich küsse seine Augenbrauen in der Mitte. Ich küsse seine linke Wange und die rechte.
Ich küsse seine Lippen und ich küsse seinen Mund. Ich küsste ihn mit so viel Leidenschaft, dass ich nicht mal merkte, dass die Träne über meine Wangen liefen. Der Professor beendete den Kuss und nahm mein Gesicht in seine

Hände und sagte: »Ich möchte immer mit dir in der Sonne stehen, für immer und ewig ...«

Ich ließ meinen Professor weiter duschen und ging raus, ich zog sein Hemd an, es roch nach ihm, ich liebe seinen Geruch ...

Der Geruch erinnert mich an unsere erste Zeit, das ist kein Parfum oder Deodorant, das ist ein leichter, süßer Pfeffer-Geruch. So riecht mein Professor!

Den Geruch nahm ich zum ersten Mal bewusst bei unserem vierten Wiedersehen wahr.

2014

Mittwoch, der Professor und sein Kollege kamen fast immer am Mittwoch oder Donnerstag zu uns ins Restaurant.

Ich wusste das schon, als ich das Telefon klingeln hörte, ich spürte, das mein Professor am Telefon war. Mein Kollege sprach mit dem Professor und reservierte einen Tisch für ihn. Ich wollte mich überzeugen, rannte Treppe runter und schaue in das Reservierungsbuch und sah seinen Namen dort stehen. Ich konnte kaum glauben, dass ich ihm gleich in 1,5 Stunden gegenüberstehen würde.

Sein Tisch war leider nicht in meinem Bereich. Pünktlich um 19 Uhr lief ich die Treppe runter und sehe, wie er auf seinen Kollegen vor der Tür wartet.

Meine Gedanken sind so durcheinander, dass ich mich richtig zusammenreißen musste. Mit jeder Gelegenheit rannte ich immer wieder nach unten, ich wollte nur ihn sehen.

Ich sah ihn und der Professor sah mich. Ich war wieder oben und machte meine Arbeit.

Und dann passierte etwas, auf das ich nicht vorbereitet war. Mein Professor kam nach oben, zu mir. Ich war so überrascht! Ich spürte, wie die Aufregung in mir stieg. Ich hörte mich sagen, mit zitterte Stimme:
»Professor, wollten Sie mich besuchen?«
Er schmunzelte nur, dann sagte er: »Ich möchte Wein kaufen!«
Im nächsten Moment stand er lautlos hinter mir.
Ich nickte bedächtig und drehte mich um, um ihm zu antworten. Er war beunruhigend nahe, und er war so viel größer als ich, dass ich den Kopf in den Nacken legen musste, wenn ich nicht auf seine Brust starren wollte. Auf seinem Gesicht leuchtete jenes Lächeln auf, das mein Herz ins Stolpern brachte. Ich konnte seinen Atem spüren und seinen Herzschlag hören, weil ich aufgehört hatte zu atmen. Ich bewegte mich nicht mehr vor Angst, diesen Moment zu zerstören. In diesem Moment blieb alles um uns herum stehen. Mein Herz pochte ... Ich roch süßen rotes Pfeffer mit kleinem Kaffee-Geschmack und einen leichten Rauch von Zigarette.

Das ist sein Geruch.

2017

Ich gehe in die Küche und schmeiße die Kaffeemaschine an und stelle zwei Becher auf den Küchentresen.

Ein Croissant lege ich auf ein Blech in den Backofen. Butter, Erdbeermarmelade, frische Erdbeere, Käse und ein Frühstücksteller mit Besteck und Serviette stelle ich auf den Tisch. Alles für den Professor. Ich frühstücke sehr selten, am Wochenende oder auf Anlass. Seine Brille, das schwarze Brillengestell, das braucht mein Professor immer beim Lesen. Die Zeitung von heute legte ich ihm auf den Tisch.

Ich bereitete zwei Kaffees vor.
Ein Kaffee mit Milch für meinen Professor Doktor AJR und einen schwarzen für mich.

Ich hörte seine Schritte und schaute zu Treppe hoch. Mein Professor war groß, schlank sehr attraktiv und hatte so viel Sexappeal! In einem Jeanshemd von Saint Laurent und Chino mit weißen Sneakern kombiniert stand er da. So sieht der Professor locker und lässig aus.

Meine Meinung nach machen nicht die Kleider Leute, sondern die Leute machen die Kleider. Durch die Person bekommt fast jedes Kleiderteil ein Strahlen und Lebendigkeit.
Ich bin nicht fasziniert von seinem makellosen Körper und nicht von seiner Kleidung. Sondern aus der Kombination von Kraft, Behändigkeit und messerscharfer Intelligenz, die durch das ganze Haus hindurch zu spüren ist.

EIN MANN, EIN LÖWE, EIN KÖNIG -MEIN Mann!! -MEIN Löwe!! -MEIN König!!
Schmunzelnd kam er zu mir und mit ganzer Leidenschaft küsste er mich auf den Mund.

Küssen muss man können.

Mein erster Kuss 1989

So wie fast jeden Sommer nach dem Verkauf unseres Gartens fuhren wir ins Ferienlager.

Ich liebte das Ferienlager. Tolle Zeiten ohne Eltern ... Neue Freunde und natürlich nicht zu vergessen Lagerfeuer, Gitarrensongs und neue »Liebe«. Man fährt mit Freude und kommt mit Tränen und Kummer zurück. Ich packte sorgfältig meine Sachen und mein Vater brachte mich zum Bus. Ich fand sofort Freunde und natürlich hatte ich schon Augen für einen jungen Mann.

Wir waren 25 Kinder und hatten vier Erzieher.

Zwei junge Männer und zwei Frauen. Löscha (Aleksey) и Pascha (Pavel). Lena und Shweta. Löscha war 1,80 groß, hatte dunkelbraunes Haar, einen trainierten Körper, blaue Augen. Wenn er lächelte, traten seine Grübchen in Erscheinung, was natürlich ihn einfach nur süß machte. Pascha war genau so groß, hatte einen mittellangen hellblonden Pony. Der Pony war schief geschnitten, so war sein Oberlid bedeckt. Sein gesamtes Aussehen konnte man als »Surfer Look« bezeichnen. Er hatte sehr markante Gesichtszüge. Seine Augenfarbe war sehr ungewöhnlich, so wie Haselnuss, aber mit einem Gelbstich, die Augenfarbe ähnelte der eines Katers.

Er hatte symmetrische Lippen und ein sehr breites Lächeln und ganz besonders weiße Zähne.

Sein ganzes Auftreten verlieh ihm diesen gewissen Flair von sportlicher Lässigkeit. Er hatte sehr viel Ähnlichkeit mit dem Schauspieler Patrick Swayze. Die Jungs konnten sehr gut Gitarre spielen und singen.

Ich und meine Freundin waren von den Erziehern hin und weg. Ich war 14 Jahre alt, unsere Erzieher waren 17 Jahre alt.

Meine Freundin sagte zu mir paar Tagen später: »Hör doch auf, der sieht dich nicht mal an, du bist kleines Mädchen für ihn. Mach dir nichts vor! Er weiß nicht mal, wie du heißt. Du hast keine Chancen bei ihm. Nimm dir doch jemanden, der interessiert ist! Vlad steht auf dich und du ignorierst ihm komplett.« »Ich will ihn nicht, ich möchte etwas Verbotenes, etwas Besonderes. Ich möchte Pascha!«, sagte ich total verträumt. »Der ist nicht besonders, der ist nur älter! Du bist dumm«, sagte meine Freundin. Und ein Kissen flog mir ins Gesicht. Wir lachten zusammen ...

Ich habe mir keine Hoffnung gemacht, ich fand Pascha sehr attraktiv und wollte immer in seiner Nähe sein. Eines Tages sollten alle einen Ausflug machen in der Stadt. Ich wollte nicht mitfahren. Mit Erlaubnis des Direktors durfte ich im Lager bleiben, nur mit einer Bedingung! Ich musste die Küche unterstützen. Das Lager war sehr leer, alle waren weggefahren und ich genoss die komplette Ruhe um mich herum.

Nach einer Stunde Kartoffelschälen ging ich in die Richtung unseres Hauses.

Ich war schon fast mit einem Fuß drinnen im Haus. Und dann hörte ich jemand meinen Namen rufen. Ich drehte mich um und sah, wie Pascha mir zu winkte.

Ich drehte mich um und ging in seine Richtung.

Das war das Spielhaus mit drei Räumen. Einer Bibliothek, einem Tischtennis und einem Kinoraum. Eine Bank stand auf der Terrasse, genau neben der Tür ins Haus. Pascha saß auf der Bank und spielte Gitarre.

»Hi, wo willst du hin?«, fragte er und schaute seine Gitarre an. »Hi, ich wollte in unser Zimmer, vielleicht etwas lesen. Warum, brauchst du irgendwas?«, sagte ich schüchtern und schaute, wie er Saiten auf der Gitarre stimmte.

»Ja, Gesellschaft!« »Was heißt das? Soll ich hierbleiben? Alleine mit dir?« Mein Herz pochte und meine Hände waren total verschwitzt. »Ja, wenn du möchtest! Oder hast du Angst von mir?«

»Nein, warum sollte ich Angst von dir haben?«, fragte ich verblüfft. »Na ja, ich habe das Gefühl, dass du versuchst, mir aus dem Weg zu gehen!« Ich stand immer noch vor ihm und versuchte meine Aufregung nicht zu zeigen.

»Soll ich dir Gitarre spielen beibringen?«

Und dann schaute er mich endlich an mit seinen Katzenaugen. Sein Blick ging wie ein Pfeil direkt ins Herz.

Ich wurde rot und versuchte, einen Satz aus mir rauszubekommen. Ich wollte so gerne einen Freudentanz ausführen vor Glück. Aber ich blieb ruhig und zeigte nicht meine Freude.

»Was ist Kleine, hast du Lust?«

»Das wäre wunderbar«, sagte ich leise und versuchte, ihn nicht anzusehen. »Schön, ich freue mich«, sagte er und lächelte mich breit an. Ich lächelte zurück.

Und so entstand unsere Freundschaft. Wir trafen uns jeden Tag und verbrachten 45 Minuten zusammen. Meine Finger waren blutig und schmerzen mich sehr, aber das war es mir wert. Es war ein sehr strenger Lehrer. Ich hörte immer sehr aufmerksam zu. Meine Freundin war immer noch skeptisch und warnte mich jedes Mal mal: »Bild dir nichts ein, der langweilt sich und will nur Größe zeigen als LEHRER!«

»Ja ich weiß, trotzdem ist das schön mit ihm alleine zu sein«, sagte ich. Ich wünsche mir, dass es anders wäre. Ich konnte meine Zeit mit ihm genießen und meine Fantasie ließ mich nicht im Stich.

Ich war verliebt.

Seine Stimme war sehr rau und tief ihm Vergleich von Alöschas Stimme. Das war so aufregend und zauberhaft.

Am Lagerfeuer zu sitzen und die Melodie der Gitarre zu hören und die Stimme von den Jungs, das waren die besten Momente in der Ferienzeit. Die Songs waren alle toll und viele konnte man mitsingen. Aber ein Song war ganz besonders und wenn Pascha ihn sang, war sein Blick auf mich gerichtet. Ich liebte es.

Der Text berührte meine Seele.
Narr und die Königin von Kasan Kasieew

Ringe, meine Glocke, Ringe,
Gitarre, singen Spaßvögell

Ich erzähle dir von der Liebe des
Narren zur schönen Königin

In einer der Burgen lebte ein König
mit seiner schönen Königin.
Und sie hatten einen hübschen Narren.
Und er kannte wundervolle Melodien

Er kannte die Melodien aller Tiere,
Er kannte die Melodien verschiedener Witze,
Er kannte die Melodien der Wilden,
Er kannte die Melodien der Wildenten ...

Sobald die Königin sagt:
Sing mir einen lieben Narren eine Serenade,
und wenn du mein Herz berührst,
erhältst du einen Kuss als Belohnung

Und der Narr schlug die Fäden,
und seine Gesänge stürmten,
und an diesem Abend lernte der Narr,
wie süß die Lippen der Königin sind

Aber ein Mönch lebte in derselben Burg.
Er liebte auch die Königin.
Und er erzählte dem König,
was im Schlafzimmer der Königin war

Am Morgen tritt der König selbst in
die Gemächer der jungen Königin ein
und versteckt etwas hinter seinem Rücken ...
Er sagte zu der jungen Königin:

Ich habe den Narren überhaupt nicht geliebt,
aber ich habe nur seine Melodien geliebt«,
und warf dem Narren den Kopf
zu Füßen der schönen Königin

»Mein lieber Narr, mein sanfter Narr,
ich werde dich nie wieder sehen ...
Mein lieber Narr, mein sanfter Narr ...
Und ich hasse dich, König.«

Aber neun Monate später
wurde der Sohn der Königin geboren,
und er sah aus wie ein Narr,
und er kannte wundervolle Melodien

Er kannte die Melodien aller Tiere,
Er kannte die Melodien verschiedener Witze,
Er kannte die Melodien der Wilden,
Er kannte die Melodien der Wildenten ...

In einer der Burgen des Königs
mit ihren wunderschönen Gärten
befindet sich allein dort ein Grab, das
mit leuchtenden Blumen bedeckt ist

Und jeden Tag gehen die Mutterkönigin
und der kleine Sohn dorthin.
Der Sohn singt traurige Lieder.
Und die Mutter weint wie ein Junge

Läuten Sie meine Glocke,
Gitarre singen Spaßvogel Melodien.
Ich habe dir von der Liebe des
Narren zur schönen Königin erzählt.
Eines Abends nach einem späten Ausflug zum
See mussten wir alle ins Lager zurückkehren
zu Fuß. Die Strecke war sehr lang und dauerte
fast eine Stunde. Das macht uns nichts aus,
wir alle haben das geliebt, so spät noch unterwegs zu sein und nicht ins Bett zu gehen. Ich
war die Letzte in der Gruppe, mir gefiel es ganz
hinten zu sein.
Ich konnte alle beobachten, aber mich sah
keiner! Meine Freundin war gerade mit ihrem
Freund in eine Diskussionen vertieft und ich
genoss es, mit meinem Gedanken alleine zu
sein. Ich sah, wie Alöscha mit Sweta rum-
machte. Meine Freundin ging mit Oleg
zusammen Hand in Hand.

Das war ein herrlicher, sonderbarer Sommer-
abend. Die Sonne ging langsam unter und das
Licht nahm Stück für Stück ab.

Es war ein leichter Übergang von Tag zur
Nacht. Links und rechts von uns war Wald
und wir alle bewegten uns auf der Straße.
Ich war gerade in meine Gedanken vertieft, als
ich spürte, dass mir jemand von hinten meine
Augen zuhielt. Ich taste kurz seine Hände,
aber ich konnte ihn riechen.

»Pascha«, sagte ich lächelnd und berührte
seine Hände.
»Ich habe mich schon gefragt, wo du bist!«,
sagte ich ruhig.
»Hier bin ich! Darf ich dich begleiten?« »Ja,
warum nicht«, antwortete ich.
Und so gingen wir nebeneinander und keiner
traute sich, etwas zu sagen.
»Darf ich dich was fragen?«, fragte er leise.
»Ja natürlich, alles was du möchtest.« Ich
lächelte.
Pascha blieb stehen und drehte mich zu sich,
seine Hände hielten meine Arme fest.

»Darf ich dich küssen?« Er guckte mich an und wartete auf meine Antwort. Meine Beine wurden weich, ich bekam einen Schweißausbruch und mir wurde eiskalt.

Ich schaute ihn an und nickte. Seine Hand nahm mein Kinn hoch und ich schloss meine Augen. Unsere Lippen trafen vorsichtig aufeinander. Seine Zunge strich erst über meine Lippen, dann drang sie zärtlich in meinen Mund ein. Ich erschreckte mich und stieß ihn weg.

Pascha hielt mich fest und sagte mit leiser Stimme: »Bitte nicht wegrennen, entspann dich und lass mich machen. Ich tue dir nicht weh, versprochen.«

Ich entspannte mich und ließ ihn mich küssen. Ich spürte seine weichen Lippen wieder. Der Geschmack von Zigaretten. Seine Zunge glitt vorsichtig in meinen Mund und begegnete meiner Zunge. Zärtlich umkreisten sich unsere Zungen und Lippen, gleichzeitig streichelten seine Hände über meinen Kopf. Ich zitterte und mir wurde schwindlig. Dann machte ich meine Augen auf und sah Pascha, er beobachtete mich. Seine Finger berühren meine Haarsträhnen, meine Wangen und dann meine Lippen. Ich hörte, wie er leise sagt: »Ich wusste nicht, dass du noch nie geküsst wurdest. Tut mir leid, dass ich dich erschreckt habe. Du bist einfach so unschuldig und bezaubernd, dass man die Kontrolle verliert.

Du warst doch schon letztes Jahr hier, mit einem Jungen zusammen. Der Sohn der Direktorin. Ich habe gedacht, dass du schon mal geküsst hast. Ich war letztes Jahr hier zu Besuch und habe mir die Anlage angeschaut und dann habe ich dich gesehen. Du hast dich nicht verändert. Nur erwachsener bist du geworden. Ich habe nur gehofft, dass du dieses Jahr wieder kommst. Ich konnte dich nicht vergessen. Bitte entschuldige ...«
Ich war so überrascht, das alles zu hören. Ich konnte mich noch nicht beruhigen und habe immer noch gezittert, mir war so kalt.

Ich wusste gar nicht, was ich sagen sollte. Alles war neu für mich. Und so sind wir einfach nebeneinander gegangen in Stille. Später hat er seine Jacke über meine Schulter gelegt und meine Hand genommen. Hand in Hand im Stillen sind wir wieder in unserem Lager angekommen. Ich verabschiedete mich kurz und ging davon, dann drehe mich kurz um und sah, wie Pascha immer noch dastand und mir hinterherschaute. Ich lief zu ihm zurück, küsste ihn auf dem Mund, ohne Zunge und lief wieder weg. Nur seine Stimme konnte ich noch hören:

»Daaaankeee«, rief er. Und so lernte ich die Melodie des Küssens mit Zunge kennen ...

2017

Der Professor nimmt seine Tasse Kaffee, setzt sich gegen mir über. Er greift seine Brille und schlägt seine Zeitung auf, trinkt einen Schluck Kaffee und vertieft sich in die Nachrichten.

Der Professor strahlt so eine Ruhe aus, das ist einfach sein Art. Ich kann mich kaum erinnern, dass es irgendwann anders war! Natürlich wird er auch mal wütend oder besorgt, aber mein Professor hat immer alles im Griff und dass gibt mir immer das Gefühl, dass ich beschützt werde und sicher bin! Er ist einfach ein Löwe!
Ich sitze ihm gegenüber und kann mich kaum bewegen und nichts anderes tun, als ihn anzusehen ...

Er legt die Zeitung bei Seite und guckt mich an, so wie der Professor das so macht, nicht durch die Brille, sondern über diese hinweg, sodass mir ein Schauer über den Rücken läuft.

2014

Unsere dritte Begegnung. Das war im Restaurant. Er war wieder ein Gast und ich wusste nichts über ihn.
Ich brachte seine Rechnung und legte sie sorgfältig auf den Tisch.

Der Professor griff nach seiner Brille, sodass er sehen konnte. Ich stand immer noch da und beobachtete ihn, wie er das meisterte. Ich war noch in meine Gedanken vertieft. Dann spürte ich so ein komisches Gefühl und sah ihn an und er schaute mich an, nicht durch die Brille, sondern über die Brille hinweg!
Er sah mich mit dem geduldigen Ausdruck eines Lehrers an.

Das war das gleiche Gefühl, wie wenn man was Falsches angestellt hat.
»Entschuldigung, Sie machen mir Angst, mir kommt es so vor, dass ich was Falsches gemacht hätte! Ist die Rechnung soweit korrekt?«, fragte ich und lächelte ihn an.

Wieder hob sich eine dicke schwarze Braue zu einem angedeuteten Fragezeichen. »Natürlich ist alles korrekt, tut mir leid, das war nicht meine Absicht.«

Mächtig, furchteinflößend und dabei so charmant, das war er schon immer.

2017

Der Professor schaut mich an, wartet ein Moment und dann fragt er: »Schatz, was ist los?« Leichte Falten zeigen sich auf seiner Stirn. Ich hole tief Luft und antworte mit ziemlich leiser und zittriger Stimme: »DU bist meine Luft zum Atmen, DU bist mein Herz, ich verehre dich, du bist der, von dem ich geträumt habe mein Leben lang. Du bist derjenige, für den mein Herz schlägt. Ich liebe dich mit jedem Tag mehr und mehr, ich habe dich ein Leben lang gesucht. DU BIST MEIN LEBEN! Du bist mein GLÜCK.

Der Professor steht auf und kommt zu mir herüber. Ich sitze auf dem Stuhl, er dreht den Stuhl zu sich und kniet sich vor mich. Er nimmt mein Gesicht in seine Hände und küsst mich mit so viel Leidenschaft und Zuneigung. Tränen laufen mir über die Wangen, vor Glück, das ich immer noch nicht zu fassen kann.

Er küsst mich immer und immer weiter. Mein Hals, mein Schlüsselbein, meine Brust, meinen Bauch. Mit seinen Lippen erforscht er

Zentimeter für Zentimeter meinen ganzen Körper.

Mein Herz rast ... Ich bin ihm verfallen ... ich bin komplett verzaubert ... und mit Glück umgeben.

Wir landen auf dem Fußboden.

»Oh mein Gott«, ich schaue auf die Uhr und springe hoch.

»Ich komm zu spät, Professor, Sie sind schuld!«, ich lächelte ihn an. Der Professor schmunzelte und sagte: »Das war nie anders, und Gott hat damit nichts zu tun!«

Ich renne die Treppe hoch ... In 15 Minuten stehe ich wieder angezogen unten. Ich küsse den Professor auf den Mund. Er schaut mich an und sagt: »Du bist perfekt!«

Seine Hand umfasst meine Taille und zieht mich zu sich heran. »Ich komm zu spät, Professor«, sage ich lächelnd und versuche, mich von seinen Händen zu befreien. Er lässt mich los und fragt mich: »Wann kommst du heute nach Hause?«

»Ich denke um 18:30 Uhr« antworte ich und eile zu Tür. »Ich werde auf dich warten!«, höre ich ihn laut sagen.

»Bis dann, vergiss mich nicht«, sage ich. »Niemals«, antwortet der Professor.

2014

Der Professor saß mit seinem Kollegen im Restaurant. Mit dem Essen waren sie schon fertig. Sie überlegten, was sie noch trinken könnten.

Ich kam kurz nach unten und der Professor fragte mich: »Kann ich heute den Wein mitnehmen?« »Natürlich, was für Wein und wie viel Flaschen sollen es sein?«, antwortete ich zügig. »Ich komme kurz nach oben und zeige es Ihnen.«

»Nennen Sie mich bitte Angelique«, sagte ich und der Professor lächelte. Mein Herz hörte für einen Moment zu schlagen auf. Er hatte ein breites Lächeln, sein Gesicht schien zu leuchten. Oh Gott, er ist so unbeschreiblich schön, dachte ich.

»Gerne«, sagte er leise.

Und so standen wir dicht aneinander. Der Professor schaute sich in Ruhe den Wein an.

Und ich versuchte, mich zu sammeln. Mein Herz pochte ... etwas breitete sich durch meinen ganzen Körper aus.

Meine Knie wurden zu Watte und ich war kurz vorm Durchdrehen.

Der Professor nahm zwei Flaschen aus dem Regal und stellte sie auf den Tresen.

»Die nehme ich«, sagte er bestimmt. Unsere Blicke trafen sich. Ich wurde rot. Ich sammelte meinen ganzen Mut und fragte deutlich und leise:

»Professor, können Sie mir einen Gefallen tun?«

»Ich weiß es nicht, ich versuche es«, sagte er überrascht »Wenn Sie ein Glas Wein genießen möchten, dann denken Sie bitte an mich!« Der Professor überlegt es sich kurz und nickte.

»Ja, das mach ich.«

»Vergessen Sie mich bitte nicht«, sagte ich leise.

»Nein, ich vergesse Sie nicht«, antwortete der Professor.

2017

Ich arbeitete in einem kleinen Café. Es war nicht weit von unserem zu Hause entfernt und es hieß »Juni«.

Ich liebte das Café. Die großen Glasfenster des Cafés luden schon von außen ein und wenn man eintrat, wurde es gleich noch gemütlicher. Das Café hatte viel Charme durch den ganz besonderen Retrostyle der 60er Jahre.

Ins JUNI kommt man zum ausgewogenen Frühstück – inklusive etlicher Variationen vom Ei und selbstgemachter Granolas – oder zur Mittagspause, wenn es einem nach gesundem Essen in Form von verschiedensten Bowls lüstet.

So zauberhaft klein und nostalgisch-romantisch eingerichtet war das JUNI ein Paradies für eine kurze Auszeit vom Alltagstrubel. Für mich war das der beste Arbeitsplatz. Das Café spiegelte genau mein Lebensstil wieder: gesundes Essen und Gemütlichkeit durch besondere Einrichtung.

Ich eilte nach Hause. Von draußen konnte man schon sehen, dass in der Küche Lichter brannten, und der Professor zauberte gerade mit seiner Leichtigkeit etwas zu essen. Ich ging rein und hörte Musik, das waren seine Songs ...

Man erkennt sie anhand von Schlagzeug, Klavier, Kontrabass und Gitarre. Ab und zu ist das Jazzmusik, sonst einfach unvergessliche Songs seiner Jugend.

Ich liebe seine Musik, denn sie charakterisiert exakt den Professor. Der Duft nach gebratenem Gemüse und frischen Kräutern macht mich hungrig.

Mein Professor ist wie immer entspannt und lässig.

Auf dem Tisch steht unser Rotwein »Schwarz von vinosaurier«.

Schwarzer ist eine dunkle Rotweincuvée aus Cabernet Sauvignon und regionalen Rebsorten wie Dornfelder oder Cabernet Dorsa. Sein Charakter ist kräftig, konzentriert, harmonisch und strukturiert (so wie der Charakter meines Mannes).

Ein Komposition von Kirsche und Brombeere. Noch mehr Aromafülle entsteht am Gaumen durch eine samtene Schokoladen-Note, Nuancen von Holzreife und wohltuende Säure. Er ist ein klassisch perfekter Begleiter für einen langen Abend.

Er symbolisiert pure Erotik und Magie.

2014

Der Wein bleibt immer unser Wein, so begann unsere Geschichte mit Genuss und purer Magie! Diesmal saß der Professor zufällig in meinem Bereich mit seinem Kollegen Damon und noch einem Mann. Ich kam herbei. Der Professor bestellt den Wein: »Cotes du Rhone«. Dieser symbolisiert eine Begegnung mit Frankreich. Er wirkt sehr stark. Dunkle Früchte verleihen ihm seinen sehr intensiven Geschmack durch eine würzige Note von Pfeffer und Lakritze hinterlässt er eine Spur von Kräftigung.

Als er ein zweites Mal bestellen wollte,
nahm ich meinen ganzen Mut zusammen und fragte ihn: »Möchten Sie vielleicht einen anderen Wein kosten?« Der Professor schaute mich überrascht an und sagte:

»Sie haben nur einen einzigen Wein mit höchstem Volumen, das ist COTEST DU RHONE auf der Karte! Unter 14 % trinke ich nicht! Oder haben ich was übersehen?«, fragte er.

»Dürfte ich Ihnen etwas empfehlen und einen schluck zum Kosten geben? Sie können immer noch danach den Cotest du Rhone nehmen«, sagte ich. Der Professor schaut mir direkt ins Gesicht.

»Chef, trau dich doch, vielleicht hat sie recht!«, sagte sein jüngerer Kollege mit einem Lächeln.

»Sie sind sein Chef? Was machen Sie beruflich?«, fragte ich und sah ihm dabei in die Augen, bis er den Blick abwendete.

»Ich bin Arzt«, antwortete er knapp. »Was für ein Arzt?«, fragte ich weiter. »Anästhesie-Arzt«, er sagte das so, dass ich mich fragte, was genau das war.

»Spannend! Und Sie sind seine Kollegen?«, fragte ich neugierig. »Kann man so sagen ...«, sagte der andere Kollege. »Okay, was ist Ihre Antwort bezüglich meines Vorschlags?«, fragte ich erneut »Na gut, so machen wir es.« Seine Stimme senkte sich ein wenig.

Ich kam mit einem Glas zum Tisch.

»Entschuldigung. Ich möchte Ihnen ein Spiel vorschlagen. Sie haben beide Weine auf dem Tisch, den einen, den Sie immer trinken und den anderen auf meine Empfehlung«, fuhr ich fort.

»Sie haben ein paar Minuten, den Wein zu kosten und dann sagen Sie mir bitte, was Sie raus geschmeckt haben. Was mein Sie? Sind Sie dabei?« Seine Augen blickten mich an. Der Professor gab sich Mühe, nicht zu lächeln. Seine Kollegen lachten. »Komm schon, Alexander!«, sagte Dämon mit lauter Stimme.

»Okay«, antwortete der Professor ohne Zögern.

»Sie sollten bitte zuerst den Wein von Contes du Rohne beschreiben und danach den anderen Wein«, sagte ich mit bestimmter Stimme.

Der Professor hielt das Weinglas unter seine Nase und versank in tiefe Konzentration.

»Was soll das denn, Sie haben doch schon die ganze Zeit diesen Wein getrunken, Sie müssen eigentlich doch wissen, nach was der Wein schmeckt!«, sagte ich ganz überrascht.
Alle lachten am Tisch, außer dem Professor. Er schaute mich an und sagte leise:
»Das kann ich nicht.« Ich blieb hartnäckig und sagte:

»Ich bin jetzt ziemlich überrascht, Sie trinken die ganze Zeit diesen Wein und können nicht sagen nach, was er schmeckt!«

Am Tisch wurde laut gelacht, der Professor fühlte sich ertappt, schmunzelnd sagte er:

»Ich habe keine Ahnung von Wein!«

Ich sagte ganz entspannt und mit viel Verständnis: »Na, dann kosten Sie meine Empfehlung, bitte.«

Ich ließ mich kurz entschuldigen und ging zu anderen Gästen.

Ich kam danach wieder und der Professor zeigte auf meine Empfehlung. »Dieser Wein schmeckt fantastisch, den nehme ich. Was ist das für Wein?«

»Schwarz von Vinosaurier, ein deutscher Wein«, antwortete ich begeistert.

Ich lächelte und fragte:

»Beschreiben Sie mir bitte den Wein. Was haben Sie raus geschmeckt?« Ich sehe ihn an und er sah mich an, dann zog er seine Schultern hoch. »Dann mach ich das. Meiner Meinung nach:

Die Aromen des Weines explodieren im Mund. Der Wein ist ein Genuss, er beginnt mit voller

Kraft und endet mit einem heißen Übergang von Schokoladen-Noten und einem würzigen Geschmack. Er hinterlässt Spuren von Beeren und Kirschblüte. Das ist pure Erotik. Das ist, als würde man Magie trinken...«

Der Professor lehnte sich zurück und musterte mich, aber er lächelte dabei und sein Blick berührte mein Herz. Mir blieb der Atem weg.
Sein Kollege sagte: »Den nehme ich auch.« Alle lachten am Tisch und ich auch.
Nach der Schicht setzte ich mich auf das Sofa im Wohnzimmer und schaltete mein Tablet ein. Ich gab den Namen des Professors in eine Suchmaschine ein. Zufrieden lehnte ich mich zurück. Er hatte eine intellektuelle Biografie. Offenbar hat er sich als Mediziner einen Namen gemacht. Er war nicht nur ein Arzt, der war Professor Doktor AJR. Bei den folgenden Klicks stellte sich fest, dass der Professor auch ein Ehemann und ein Vater von drei Kindern war.

2017

Ich gehe gleich zu meinem Mann und umarme ihn. Der Professor küsst mich und drückt mich sehr fest an sich.

»Du riechst so gut«, sagt er und küsst meinen Hals. »Professor, Sie haben Hunger«, sage ich schmunzelnd. »Da muss ich wohl zustimmen, ich habe Hunger nach dir, mein Schatz«, flüstert der Professor mir ins Ohr. Ich spürte, wie meine Knie weicher werden, und mein Körper reagiert auf seine Berührung. Ich habe keine Kontrolle mehr, die hat er!

»DU BIST MEIN LEBEN, DU BIST MEIN GLÜCK«, flüstere ich.

»ICH LIEBE DICH ... ICH LIEBE DICH MEHR ALS MAN ERLAUBT«, antwortet mein Mann Professor Doktor AJR.

ICH TRAGE EIN HERZ

Ich trage Dein Herz bei mir.

Ich trage es in meinem Herzen.

Nie bin ich ohne es.

Wohin ich auch gehe, gehst Du, meine Teure.

Und was auch immer nur von mir allein getan wird, ist Dein Werk, mein Schatz.

Ich fürchte kein Schicksal, weil Du mein Schicksal bist, meine Liebste.

Ich brauche keine Welt, weil Du meine Schöne, meine Welt bist, meine Wahre.

Du bist, wofür ein Mond jemals stand.

Und was eine Sonne auch immer singen wird, bist Du.

Hier ist das tiefste Geheimnis, um das keiner weiß.

Hier ist die Wurzel der Wurzel und die Knospe der Knospe

Und der Himmel des Himmels eines Baumes namens Leben;

Der höher wächst, als die Seele hoffen, der
Geist verbergen kann.
Und dies ist das Wunder, das die Sterne in
ihren Bahnen hält.

Ich trage Dein Herz.
Ich trage es in meinem Herzen.

E. E. Cummings

Zeitfracht Medien GmbH
Ferdinand-Jühlke-Straße 7
99095 Erfurt, Deutschland
produktsicherheit@kolibri360.de